Max Kretzer

Berliner Skizzen

Max Kretzer

Berliner Skizzen

ISBN/EAN: 9783742894120

Hergestellt in Europa, USA, Kanada, Australien, Japan

Cover: Foto ©Andreas Hilbeck / pixelio.de

Max Kretzer

Berliner Skizzen.

Berlin W. 35.

Verlag von Carl Duncker.

1898.

Inhalts-Verzeichniß.

Der Façaden-Raphael.

Eines Tages füllte Frau Hübschel mit ihrem in der Nachbarschaft sprichwörtlich gewordenen Körperumfang die ganze Breite ihrer Ladenthür aus, als ihre Aufmerksamkeit durch einen schmächtigen Mann erregt wurde, den sie bereits öfter aus ihrem Hause hatte treten sehen, ohne daß sie sich im Augenblick erinnert hätte, wo er eigentlich hingehörte.

Zwar gingen in den Miethskasernen einer Vorstadt viele Menschen ein und aus, aber als solide Hauswirthin, deren Pflicht es war, stets auf alle Vorgänge in ihrer nächsten Umgebung zu achten, hatte sie zweifellos das Recht, jedem neuen Miether mit einigem Mißtrauen zu begegnen.

Ihre Stimmung schlug aber sofort um, als der Betreffende, bevor er an ihr vorüberging,

mit einer tiefen Verbeugung den nicht mehr
ganz einwandsfreien Filzhut zog und ihr laut
einen Gruß bot mit den Worten: „Guten Tag,
verehrte Frau!" Und zwar geschah das in
der gezierten Art und Weise eines Menschen,
dem viel daran gelegen ist, unter allen Um=
ständen bemerkt zu werden.

Die Bezeichnung „verehrte Frau" war an
ihr hängen geblieben. Sie beobachtete ihn nun
mit besonderem Interesse, denn sie hatte vollauf
Zeit dazu.

Es war an einem warmen Augusttage,
am Nachmittag zwischen 5 und 6 Uhr. Da
um diese Zeit die Käufer noch auszubleiben
pflegten, so war es für die Meisterin eine ge=
wisse Erholung, mit verschränkten Armen auf
der Schwelle ihres Ladens zu stehen und neu=
gierige Blicke in das Getriebe draußen zu
werfen.

Der Unbekannte trug eine kleine Kiste unter
dem Arm, in der sich verschiedene Flaschen und
Töpfe befanden, und hatte in der Hand einen
langen Stecken, der am oberen Ende beutelartig
umwickelt war, und mit dem er stolz über den
Fahrdamm spazierte. Drüben, vor einem
Budikergeschäft, blieb er stehen und beäugelte

die frisch gestrichene Wand unter dem Parterre=
fenster. Er stand mitten im Sonnenlicht, und
so leuchtete sein straffes, röthlich=blondes Haar,
das ihm in dichten Strähnen bis in den
Nacken hing.

Also ein Maler, oder vielmehr ein „Künstler",
wie Frau Hübschel sich sofort in Gedanken ver=
besserte, denn dieser kleine Mann hatte ent=
schieden einen künstlerischen Zug.

Kaum hatte seine Kohle einen großen Kreis
beschrieben, so trat er einige Schritte zurück,
neigte den Kopf nach rechts und links und
schien seinen Entwurf ebenso kritisch als wohl=
gefällig zu mustern. Dann trat er wieder näher
heran, wischte mit einem Lappen, gebrauchte
aufs Neue die Kohle, stellte sich auf die Zehen,
bückte sich so tief als möglich hernieder und
rutschte dann in dieser Stellung die ganze Wand
entlang, immer dabei mit der Kohle Striche
zeichnend. Alles das wiederholte er verschiedene
Male stets mit der Fixigkeit eines Mannes,
der ganz von seiner Arbeit erfüllt ist.

Kinder und Erwachsene blieben stehen und
gafften ihm zu, und sobald er das bemerkt
hatte und durch einen Blick nach rückwärts auch
zu der Ueberzeugung gekommen war, daß die

stattliche Frau im Laden ihm wohlgefällig zu=
schaue, machte er starke Anstrengungen, sich als
ganz etwas Besonderes aufzuspielen.

„Nun, was wird denn Das werden," dachte
Frau Hübschel, die über seine possierlichen Be=
wegungen im Stillen in sich hineinlachen mußte.
Endlich hatte sie es herausgebracht. Es sollten
entschieden die Umrisse eines großen Schinkens
sein, der von einem Kranz Würste lieblich um=
rahmt wurde. Zu beiden Seiten zeigten sich
Bierkruken, Schnapsflaschen und Gläser, die
Letzteren überragt durch ein großes Weißbier=
glas.

Die Meisterin rief ihren ältesten Gesellen
herbei und fragte ihn, wer der komische Mensch
da drüben sei.

„Oh, das ist ja der Herr Raphael von
hinten, der in der kleinen Bodenkammer ganz
oben haust," erwiderte Oskar und wischte sich
die Finger an der blüthenweißen Schürze ab.
Wie fast immer, wenn Frau Hübschel ihre gute
Laune zeigte, strahlte sein offenes Gesicht vor
Vergnügen, denn dadurch glaubte er immer
mehr der Erfüllung seiner stillen Herzenshoffnung
näher gerückt zu sein. In der Nachbarschaft
munkelte man bereits seit längerer Zeit, daß

die Wittwe die Mitte ihrer Vierziger noch nicht
zu hoch ansehe, um nicht zum zweiten Male
den Bund fürs Leben zu schließen, und daß sie
an ihrem Lieblingsgesellen ganz besonderen Ge=
fallen gefunden habe.

„Die Frauen hinten nennen ihn allgemein
so," fuhr Oskar fort, „und die alte Schmidten
von drei Treppen erzählte mir, daß er wirk=
liche und wahrhaftige Bilder male, Menschen,
Thiere und Bäume. Alle Wände in seiner
Bude sind damit vollgeklebt. Er geht fast nie
aus. Namentlich des Sonntags sitzt er wie
festgenagelt und pinselt von früh Morgens bis
zur Dunkelheit. Vielleicht ist es ein verkanntes
Genie, wie man zu sagen pflegt. . . Uebrigens
soll er auch Portraits malen. Richtige, ähn=
liche Portraits."

„Portraits malt er? Was Sie sagen,
Oskar!" rief Frau Hübschel überrascht aus und
warf wieder einen Blick über die Straße, der
diesmal entschieden den Ausdruck einer gewissen
Bewunderung enthielt. Vor Portraitmalern
hatte sie alle Hochachtung, denn einen Menschen
ähnlich zu treffen, hielt sie für das größte Ta=
lent eines Malers.

„Ja. Er soll sogar schon eine hübsche

Kundschaft in der Nachbarschaft haben," sagte Oskar wieder, erfreut darüber, sich durch seine Auskunft der heimlich Ersehnten nützlich und zugleich angenehm zu machen. „Die Posamentierfrau schrägüber soll er sehr ähnlich gemacht haben, auch der Pfandleiher um die Ecke soll zufriedengestellt sein, und der Milchhändler drei Häuser weiter soll sogar die Absicht haben, sich, Frau und Kinder — Alle zusammen auf einem Bilde, malen zu lassen. Sie müssen nämlich wissen, daß er ganz fix bei der Arbeit ist und Alles sehr billig macht."

„Was muß ich hören!" rief Frau Hübschel abermals aus. „Wohnt so ein Künstler in meinem Hause, und ich hatte bisher keine Ahnung davon! Wer kann auch die Schlafburschen und Aftermiether alle kennen."

„Uebrigens fällt mir eben ein, Frau Meisterin," fuhr der Geselle wieder fort, „daß auch Frau Poxen drüben schon ihre Bestellung gemacht haben soll. Sie soll ihm sogar einige Pfund feiner Cervelatwurst versprochen haben, wenn er sie recht hübsch und ähnlich mache."

„Was, diese Maschine läßt sich auch noch malen?" kam es bebend über ihre Lippen.

Oskar dachte sich dabei sein Theil, denn

wenn eine Dicke über die andere von einer
Maschine sprach, so war das mit seinem ge=
sunden Menschenverstande nicht vereinbar. Er
hütete sich aber wohl, etwas dagegen einzu=
wenden.

Am andern Vormittag hatte Frau Hübschel
das Vergnügen, „Herrn Raphael" kennen zu
lernen. Es war um die Frühstückszeit, als er,
den unvermeidlichen Malstecken in der Hand,
der ihm zugleich Spazierstock zu sein schien, mit
einem höflichen Gruß den Laden betrat und ein
Stück Wurst verlangte.

Sie lächelte ihn freundlich an, schnitt ein großes
Stück herunter, wog es erst garnicht, sondern
wickelte es sofort mit besonderer Sorgfalt in
Papier ein.

Das große Stück Wurst gab dem Maler
Muth. Er wartete, bis er der Letzte im Laden
war und näherte sich dann wieder dem Ver=
kaufstische. „Gestatten Sie mir, verehrte Frau —
mein Name ist Schlaffsky, Waldemar Schlaffsky,"
begann er mit einer stolzen Verbeugung.

„Habe bereits von Ihnen gehört," er=
widerte sie munter, mit einem lustigen Kopf=
nicken.

„Ehrt mich, ehrt mich," erwiderte er, indem

er einen Fünffingerstrich durch das Haar that. „Gott sei Dank, ich kann nicht klagen," fuhr er fort. „Wenn man gute Bilder malt, so ist das die beste Empfehlung für einen Künstler, die seinen Namen unter die Leute bringt. Vielleicht wird mir auch einmal die Ehre zu Theil, Sie malen zu dürfen. Ihr Teint, ver= ehrte Frau, ist von einer Frische, von einer Leuchtkraft, man möchte beinahe sagen, er sei rosig durchduftet . . ."

Die Mamsell wandte sich ab, weil sie einen lauten Ausbruch ihrer Heiterkeit befürchtete. Die Meisterin jedoch, deren vor Gesundheit strotzendes Antlitz durchaus nichts Zartes enthielt, war noch röther geworden, so daß ihre Wangen einem Brande glichen. Es geschah zum ersten Mal, daß man ihr so offen eine „Eloge" sagte.

„Ich will mir die Sache einmal überlegen. Ich wollte mich schon früher einmal in Oel malen lassen," erwiderte sie.

„In Oel ist auch das einzig Wahre, ver= ehrte Frau," fiel er lebhaft ein, „Pastell hat ja auch seine Vorzüge, gewiß, das hat es. Aber in Oel ist beständiger, sozusagen fas= cinirender, imposanter."

Der Meisterin, die, die starken, halb ent-
blößten Arme gegen die Hüften gestemmt, wie
ein Koloß hinter dem Ladentisch stand, imponirte
diese Auseinandersetzung ganz gewaltig, denn
ihre Achtung vor dem Können dieses seltsamen
Herrn stieg bedeutend. Sie fühlte sich sogar
ein Wenig geschmeichelt, daß man ihr zumuthete,
sie verstünde auch etwas von diesen Dingen.

„So zum Beispiel das wundervolle, glanz-
volle Haar, das Sie haben, verehrte Frau,"
fuhr Herr Waldemar Schlaffsky mit gesteigerter
Lebhaftigkeit fort, — „wie sollte ich die Licht-
reflexe besser herausbekommen, als nur in Oel.
Und Ihren wunderbaren Schwanenhals — wie
gelänge mir seine Weiße anders als in Oel.
Und Sie haben ohne Frage einen Schwanenhals, verehrte Frau. Nur der Neid könnte es
bestreiten. Wenn ich mir dagegen die Poxen
drüben betrachte — was läßt die für einen
Künstler alles zu wünschen übrig!"

Frau Hübschel empfand das Erglühen ihres
Gesichts bis zu den Haarwurzeln. Der Spiegel
hatte ihr oft erzählt, daß von Schlankheit an
ihr Nichts zu entdecken sei, und daß von einem
„Schwanenhalse" nicht die Rede sein könne.
Hier stand aber ein „Künstler," der mit anderen

Augen sah. So zeigte sich denn auf ihren
Zügen ein gefälliges Lächeln, das ihr durch=
aus nicht unangenehmes Gesicht wirklich ver=
schönerte.

Der eifersüchtige Oskar platzte mit den
Worten in die Unterhaltung: „Na, ist der
Schinken drüben fertig? Oder ist Ihnen der
Terpentin ausgegangen?“

Sofort verlor Herr Schlaffsky seine „Größe“,
und sogleich wurde er daran erinnert, was ihn
hauptsächlich an diesem Morgen hierhergeführt
habe. Und so äußerte er seine Bitte, ob ihm
die „verehrte Frau“ nicht gestatten wolle, einen
recht saftigen Schinken nach der Natur zu
zeichnen und mit einigen Farben „anzulegen.“
Sein „Auftraggeber“ drüben im Keller erwarte,
daß man ihm möglichst ein Kunstwerk liefere.
Al fresco! Es würde nicht lange dauern.

Da die Meisterin bei guter Laune war, so
befahl sie dem Lehrling, einen angeschnittenen
Schinken in das „Atelier“ des Künstlers zu
tragen.

Der Maler erging sich in Dankesworten
und empfahl sich.

Am Nachmittag fiel es Frau Hübschel ein,
ihm einen Besuch abzustatten. Es war ihr

aufgefallen, daß sie ihn drüben auf der Straße
nicht mehr sitzen sah, und da er auch den
Schinken bisher noch nicht abgeliefert hatte, so
nahm sie an, er säße noch vor seiner Kunst.
So wollte sie ihn denn in seiner Dachkammer
überraschen.

Das Erste, was sie erblickte, war eine ent-
setzliche Unordnung, ein Gemisch von Werkstatt
und Wohnstube, die jedenfalls von der künstlerischen Ungezwungenheit eines „Raphaels"
unzertrennlich war: ein ungemachtes Bett, eine
alte Staffelei, verschiedene Kleidungsstücke auf
Schemel und Diele, große Farbenklexe an den
weißen Fachwerkwänden, aus denen man erst
nach längerer Betrachtung klug wurde, und dazwischen festgenagelte Papierfetzen und Blend-
rahmen mit Leinwand, bemalt mit allerlei
Köpfen. Und inmitten dieser Herrlichkeit stand
Herr Waldemar Schlaffsky ungenirt in Hemds-
ärmeln und verzehrte mit Behagen ein großes
Stück Schinken.

„Nur weil der Ton noch nicht der richtige
war, schnitt ich mir eine Scheibe ab," sagte er
ganz verblüfft.

Trotzdem Frau Hübschel kaum ihr Lachen
unterdrücken konnte, spielte sie die Entrüstete.

Es sei ihr durchaus nicht angenehm, ihr Vertrauen so belohnt zu sehen, sie wolle aber ein
Auge zudrücken, weil sie ihm eine Bestellung zu
machen habe.

Herr Waldemar Schlaffsky witterte Kunst-
luft. Er würgte den letzten Happen herunter,
stülpte einen alten, sehr mitgenommenen Korb-
stuhl um, so daß verschiedene Dinge herunter-
flogen, säuberte ihn mit einem Handtuch und
rückte ihn mit einer großen Höflichkeitsgebärde
zur Meisterin hin, wobei er sagte: „Bitte sehr,
hochverehrte Frau. Hierauf setzen sich immer
die Herrschaften, die sich von mir portraitiren
lassen. . .“

Frau Hübschel drehte die Daumen und begann ohne Umschweife: „Sie sollen ein Bild
von mir machen, recht schön und recht ähnlich.
Ich gebe den Schinken in Zahlung und lege
noch zwanzig Mark zu, wenn es mir gefällt.
Auf einige Würste als Zugabe soll es mir nicht
ankommen.“

Herr Waldemar Schlaffsky schien in innere
Verzückung zu gerathen. Er legte die rechte
Hand auf sein Herz, machte eine tiefe Verbeugung und erwiderte: „Gnädige Frau sollen mit
mir zufrieden sein, völlig zufrieden.“ Dann kam

er mit einem kleinen Geständniß hervor: Er müsse einige nothwendige Auslagen machen, Leinwand kaufen u. s. w., und bedürfe dazu eines kleinen Vorschusses.

Frau Hübschel holte ihr Portemonnaie hervor und reichte ihm ein blankes Zehnmarkstück hin, das er sofort in seiner unergründlichen Tasche ver= schwinden ließ. Während sie dann die Treppe hinunter stieg, malte sie sich aus, was für ein Gesicht Oskar machen würde, wenn sie ihm ihr Konterfei am Verlobungstage als „Präsent" machen würde. Ja, so sollte es sein! Sie mußte dem Wackeren in seinem heimlichen Girren entgegenkommen und es zu einer offenen Aussprache bringen.

Am anderen Tage, der ein Sonntag war, begannen die Sitzungen. Gleich nach Tisch verwendete die Meisterin ganz besondere Sorg= falt auf ihre Toilette. Schwarz machte schlanker, und so wählte sie ihr schwer seidenes Staats= kleid und schnürte sich nach Kräften. Als sie sich dann im Spiegel betrachtete und dabei mit Wohlgefallen bemerkte, wie der leichte Kleid= ausschnitt oben wesentlich dazu beitragen würde, der Vorstellung des Künstlers von einem „Schwanenhals" möglichst entgegen zu kommen, glitt ein zufriedenes Lächeln über ihre Züge.

Die erste Sitzung ging sehr rasch vorüber, trotzdem Frau Hübschel durchaus nichts dagegen gehabt hätte, wenn man sie noch länger ausgedehnt haben würde. In dieser Beziehung konnte sie Ausdauer zeigen. Wenn sie saß, dann saß sie. Sie befürchtete auch, das Bild könnte nicht ähnlich werden, wenn auf das Malen nicht die richtige Zeit verwendet würde.

Gar zu gern hätte sie schon jetzt einen Blick auf die Leinwand geworfen, aber Herr Waldemar Schlaffsky wehrte sich lebhaft gegen diese Neugierde. Ein angefangenes Bild dürfe man nicht betrachten, denn dadurch werde jede Illusion geraubt. Damit hatte er den Rahmen mit der nassen Seite gegen die Wand gekehrt.

Sie gab sich zufrieden.

Am anderen Morgen bestellte sie in der Nähe einen schönen Goldrahmen, denn der Künstler wollte, wie „alle bedeutenden Maler", die letzten Striche an dem Bilde im Rahmen machen.

Endlich kam der feierliche Augenblick, wo Frau Hübschel sich selbst bewundern durfte. Am nächsten Sonntagmorgen stieg sie wieder die Treppen hinauf und zwar in derselben feierlichen Toilette wie am vergangenen. An diesem Tage hatte sie Oskar sowie einige Verwandte zu Tisch geladen, um ganz offen die Verlobung mit ihrem Gesellen zu verkünden. Es sollte eine Ueberrumpelung sein.

„So, verehrte Frau, da haben Sie sich," sagte Herr Waldemar Schlaffsky und rückte die Staffelei mit dem Bilde in das richtige Licht. Zu Ehren das Tages hatte er sich in seinen schwarzen Rock geworfen und auch so etwas wie Manschetten angethan.

„Soll ich das sein?"

„Aber verehrte Frau!" erwiderte er vorwurfsvoll. „Sie sind von einer geradezu sprechenden Aehnlichkeit. Haben Sie nur die Güte, sich in die Einzelheiten zu vertiefen."

Das that sie denn auch.

Sprachlos betrachtete sie lange das Bild, und zwar mit dem Gefühl eines Menschen, der nicht weiß, ob er sich freuen oder ärgern soll. Wenn sie wirklich so aussah, dann hatten alle Spiegel unten gelogen, und nur dieser Mensch hatte sie richtig erfaßt.

Da war wirklich der „Schwanenhals", der einer Nixe Ehre gemacht hätte, der „leuchtende Teint" rosa angehaucht wie bei einem jungen

Mädchen, und „das Haar mit den Lichtreflexen", das dem einer Loreley im Mondschein glich. Trotzdem war eine gewisse Aehnlichkeit unverkennbar, aber es war die Aehnlichkeit eines Zerrbildes, das mehr in die Länge als in die Breite geht. Je länger sie hinsah, je glühender wurde ihr Gesicht, bis sie plötzlich die Empfindung hatte, als ginge sie langsam auseinander. Lange kämpfte die Eitelkeit in ihr, dann aber siegte ihr gesunder Humor.

„Ich bin ganz zufrieden," sagte sie mit einem erzwungenen Lächeln und holte sofort ihr Portemonnaie hervor. Am liebsten hätte sie diesen kleinen Mann mit steifem Arm emporgehoben und ihn durch das „Atelierfenster" auf das Dach gesetzt, aber es war jedenfalls besser, wenn sie sich beherrschte. Wenn man einmal Dummheiten gemacht hatte, so behielt man sie am besten für sich.

„Ehrt mich, ehrt mich ungemein, verehrte Frau," erwiderte Herr Waldemar Schlaffsky und kam muthig aus dem Hintergrunde hervor, in den er sich, einer plötzlichen Eingebung folgend, zurückgezogen hatte.

Bevor sie ging, erlaubte er sich, sie bescheiden an die Würste zu erinnern.

Dann schritt sie mit ihrer Last die Treppe hinunter. In der Wohnstube angelangt, nahm sie die Leinwand aus dem kostbaren Rahmen und holte ein großes Messer aus dem Laden. „Leb' wohl, Du Schwanenhals," rief sie ingrimmig aus und schnitt kräftig darauf los, bis die Leinwand in Fetzen herniederhing. Endlich konnte sie ganz beruhigt sein, denn die letzten Reste prasselten im Feuer des Küchenheerdes.

Acht Tage später, nach glücklich stattgefundener Verlobung, stand Oskar in der Ladenthür, den blitzblanken Reif an der Linken, als der Maler vorüber ging und sehr höflich den Hut zog, um sich die „Kundschaft" auf alle Fälle zu erhalten. „Hören Sie mal, Sie Façaden-Raphael," rief ihm der zukünftige Meister gut aufgeräumt zu, „nächstens giebt's hier oben was zu malen. Die Firma muß geändert werden. Ich bitte mir aber aus, daß Sie keine Portraits in die Buchstaben malen, sonst vergessen Sie vielleicht die Aehnlichkeit."

Die Mamsell lachte schallend auf.

Hinter dem Ladentisch stand die Meisterin und „Braut", die bei dem Worte „Portraits" leicht zusammenzuckte. Als ihr Verlobter

wieder hereintrat, wandte sie sich, roth ge=
worden, ab.

Oskar musterte sie einige Augenblicke, dann
ging er hinweg und amüsirte sich im Stillen.
Die Mamsell sowohl als auch das Dienst=
mädchen hatten geplaudert, und so hatte er alle
Einzelheiten erfahren. Es gab eben Nichts,
was einem Kerl seiner Art verborgen bleiben
konnte!

Und bei dem Gedanken, daß er die
Spröde und Wohlhabende endlich eingefangen
hatte, strich er sich vergnügt mit beiden Händen
zugleich den Schnurrbart.

Der Bühnen-Konfektionär.

———

Schon viel hatte ich über den rührigen Mann zu hören bekommen, der die ganze in- und ausländische Theaterlitteratur sozusagen in der Westentasche habe, und von dem man allgemein behauptete, er habe seine größten Erfolge als Bühnenschriftsteller zu verzeichnen. Um so mehr wunderte es mich, denn ich konnte mich wirklich nicht entsinnen, diesen „star" jemals auf einem Theaterzettel leuchten gesehen zu haben. Nur dunkel tauchte in mir die Erinnerung auf an einen Durchfall mit „Pauken und Trompeten", wobei man ihn als Mitverfasser mit allen Ehren des Zischens und Pfeifens sanft begraben hatte. Meine Neugierde, den seltenen Mann kennen zu lernen, wuchs um so mehr, als an den Stammtischen der sogenannten Künstlerkneipen, wo Abends

der Theaterklatſch von Berlin zuſammenge=
tragen wurde, die witzigſten Bonmots auf ihn
zurückgeführt wurden, er überhaupt der Aller=
weltsreporter zu ſein ſchien, auf deſſen Autorität
man ſich dreiſt berufen dürfe, trotzdem er
niemals anweſend war.

Endlich, an einem Premièrenabend, bekam
ich Gelegenheit, dem Vielgenannten perſönlich
näher zu treten. In der Vorhalle des Theaters
begrüßte ich einen Kollegen, der mit einem be=
brillten, langen und hageren Herrn zuſammen=
ſtand, aus deſſen Munde gerade die Worte
kamen: „Ich bin neugierig, wo er das Stück
wieder geſtohlen haben wird.“ Mit dem „er“
meinte er einen bekannten Luſtſpieldichter, deſſen
Muſe ſich in der Provinz angeſiedelt hatte (der
beſſeren Nahrung wegen, wie die Spötter be=
haupteten) und mit dem „Stück“ das „erſte
Ereigniß der Saiſon“, das tout Berlin nach
langer ſommerlicher Trennung wieder herbei=
gelockt hatte. Das war er alſo: Herr Anton
Deichſelberg, der vielbegehrte Autor, der (wie
mir mein Kollege raſch zuflüſterte), ein halbes
Dutzend „Größen“ mit ſeinen Ideen verſorgte,
ſtiller litterariſcher Kompagnon von ihnen war
und durch ſeine Findigkeit ihnen wacker zu

ihrem Tagesruhme verhalf. Nun war mir
auf einmal Alles klar, so klar, daß ich mich
ein Wenig schämte, von dieser erschütternden
Thatsache bisher noch keine Kenntniß gehabt
zu haben. Trotzdem heuchelte ich Verständniß
und nickte gleichgültig, um nicht für unwissend
gehalten zu werden.

Herr Anton Deichselberg schien etwas sehr
nervös zu sein, denn er empfahl sich wiederholt
mit den Worten: „Entschuldigen Sie, bitte, ent=
schuldigen Sie nur — ich habe noch kein Billet.“
Er stürmte zur Kasse, kam aber sogleich wieder
mit trüber Miene zurück und brach in die
Klage aus: „Ich weiß garnicht, wie der Mann
mich heute wieder behandelt!“ Damit meinte
er den Direktor, bei dem er früher einmal
Dramaturg gewesen war, d. h. die Reklame=
notizen für die Zeitungen zu fabriciren hatte,
in denen natürlich immer neue Lockmittel für
das Publikum enthalten sein mußten. Er hatte
es denn auch darin zu einer derartigen Fertig=
keit gebracht gehabt, daß der Direktor ihm als
Neujahrsgratifikation den Titel „Waschzettel=
dichter“ beilegte und den versammelten Bühnen=
mitgliedern in einer feierlichen Ansprache davon
Mittheilung machte, was dem Dramaturgen

wiederum Veranlaffung gab, diefen erhebenden
Vorgang, in ein Dutzend Zeilen gefaßt, den
Zeitungsredaktionen zur Verfügung zu ftellen,
damit das große Publikum das Theater nicht
aus dem Gedächtniß verliere.
Als der Bühnenleiter fichtbar wurde, der
wie eine kleine Majeftät herangefchritten kam,
wagte fich Deichfelberg fchüchtern an ihn heran,
ungefähr wie Jemand, der das Feuer fürchtet,
weil er es kennen gelernt hat. „Wie, heute
zur Première, wo das Haus ausverkauft ift?"
hörte ich den Gewaltigen fchreien. „Das geht
nicht. Morgen oder übermorgen. Ueberhaupt
Sie —!" Er dämpfte dann feine Stimme, und
Beide fchienen zu unterhandeln.

Endlich kam Deichfelberg mit einem Billet
zurück. Er fchien mich feines Vertrauens für
würdig zu halten, denn er klagte mir unver-
hohlen fein Leid: „Er will immer Alles umfonft
haben, deshalb behandelt er mich fo. Ich
foll wieder Stücke für ihn lefen. Wenn er fagt
lefen, dann möchte er fie gleich bearbeitet haben,
damit fie was taugen. Dabei hat er neulich
eins von mir zurückgewiefen. Schon 's dritte.
Er behauptet immer, es wäre nicht Original
und er könnte meinen Namen nicht auf den

Zettel setzen lassen. Die Presse würde über
ihn herfallen, und er hätte den Schaden davon,
'n schlechter Platz, den er mir gegeben hat.
Letzte Reihe hinter der Säule."

Alles das sagte er nicht im Tone des Vor=
wurfs oder des Grolles, sondern durchaus re=
signirt, in einer gewissen Demuth, die mit der
Zeit gelernt hat, sich in das Unabänderliche
zu fügen. Das gefiel mir an ihm und nahm
mich für ihn ein.

„Sie haben's gut, Sie haben's gut," fügte
er mit einer gewissen Wehmuth hinzu. „Sie
haben's erreicht und brauchen sich das nicht
bieten zu lassen. Ich aber komme mir manch=
mal vor wie ein geschlagener Mann, der dazu
verurtheilt ist, Zeit seines Lebens die Kastanien
für Andere aus dem Feuer zu holen." Er war
nahe daran, mit seiner Lebensgeschichte zu be=
ginnen, als das erste Klingelzeichen ertönte, und
so trennten wir uns. Zuvor aber preßte er
mit fast aufdringlicher Zärtlichkeit meine Hand,
als müßte er sich in der Wüste seines unver=
standenen Daseins an einen Menschen klammern,
der allein ihn verstehen würde, und sagte mit
herzlicher Offenheit: „Sie müssen mich besuchen,
gerade Sie, ich hätte Ihnen viel zu erzählen.

Sie können Stoff von mir bekommen. Es wird
Sie interessiren."

Den etwas mitgenommenen Zylinderhut in
der Hand, den von der Sonne ausgezogenen
Paletot über dem Arm, schwenkte er ab, so daß
die letzten Reste seiner Lockensträhnen mit den
Schößen des langen Rockes über den hellkarirten
Beinkleidern, um die Wette flatterten.

In der großen Pause entdeckte ich ihn dann
wieder, wie er im Foyer zwischen den Premièren=
tigern, die sich in ganzen Rudeln eingefunden
hatten, umherstreifte und ziemlich heftig Kritik
an dem Stück übte, wobei er sich allerdings
hin und wieder vorsichtig umblickte, als könnte
ihm seine Offenheit von irgend einer Seite übel
vermerkt werden. Ueberall schien er bekannt
zu sein, denn er theilte Händedrücke aus und
steckte solche ein. Auch schien man gern auf
seine Auseinandersetzungen zu hören.

„Aber ich bitte Sie," hörte ich ihn mit
seiner dünnen Stimme sagen, „die ganze Scene
ist aus einem alten Labiche. . . . Er hat nur
die Situation ein Wenig verschoben und sich den
Brei nach Gutdünken zurecht gemacht. Natürlich
merkt's Niemand, denn die Sauce schmeckt ja,
das ist die Hauptsache. Labiche würde wieder

lebendig werden und vor Scham zum zweiten
Male sterben, wenn er diesen Beifall gehört
hätte!" Während er seine Hände immer hef-
tiger gebrauchte, schien er seine Bescheidenheit
verloren zu haben. Es war, als müßte er
diesen Theaterfexen seine Kenntnisse einmal gründlich beweisen — diesen Ignoranten, denen die
Litteratur ein Buch mit sieben Siegeln war und
die nur zu jeder Erstaufführung liefen, um dabei zu sein, falls sich ein Skandal entwickeln
sollte.

Das Stück hatte einen großen äußeren Erfolg. Leider konnte ich an diesem Abend nicht
mehr feststellen, welchen anderweitigen „Ent-
lehnungen" der „deutsche Scribe" seinen Ruf zu
verdanken habe.

Nicht lange darauf, an einem Nachmittage,
fuhr ich dann nach der weit entlegenen Weißen-
burgerstraße, um einen Blick in die Werkstatt
des vielbeschäftigten Herrn Deichselberg zu werfen.
Schon als ich die etwas unsauberen Treppen
emporstieg, wurde es mir klar, daß ich keinen
jener beneidenswerthen Bühnenautoren antreffen
würde, für die man neuerdings die hübsche
Bezeichnung „Tantièmen-Onkel" erfunden hat.
Diese Ueberzeugung wurde noch stärker in mir

wach, als ich das zweifenstrige, nur nothdürftig
möblirte Zimmer betreten hatte, in dem sich
auffallend viel Stühle befanden, die alle mit
Bergen von Büchern, Zeitungen und Zeit=
schriften bepackt waren. Selbst das Bett war
an diesem Tage nicht verschont geblieben und
wie besät mit den bekannten Heftchen der Leip=
ziger Universal=Bibliothek, aus denen verschiedene
lose Blätter auf die Diele gefallen waren. Ein=
sam hing eine Weste auf einem mageren
Kleiderständer, und noch einsamer stand der
Zylinderhut umgestülpt neben dem schiefen
Papierkorb in der Nähe des Schreibtisches, ge=
rade, als hätte sein Besitzer in einer gewissen
Vorahnung ihn dazu auserwählt, verschmierte
Manuskripte aufzunehmen, falls das Korbge=
flecht überfüllt sein sollte.

Deichselberg zeigte sich in sehr luftigen Hemds=
ärmeln, woraus ich schloß, daß er seine dichte=
rische Herkulesarbeit nur in ungenirtestem Auf=
zuge verrichten könne. Ich hatte mich auch
nicht ganz geirrt. Er war gerade dabei, einen
Vierakter zu „wenden“, d. h. einige Scenen aus
dem letzten Akt in den ersten zu verlegen, wie
er sich mit Galgenhumor ausdrückte. Während
er mit der Bitte um Entschuldigung in sein

Hausjaquet schlüpfte, das er mit einer kühnen
Armbewegung vom Fenster hergelangt hatte,
gab er wiederholt seiner Freude über meinen
Besuch Ausdruck, den er gar nicht mehr er=
wartet habe. Man verirre sich so selten zu
ihm hieraus, selbst der Geldbriefträger lasse
sich schon seit mehreren Wochen bei ihm nicht
mehr blicken.

„Nach den vielen Stühlen hier zu urtheilen,
müssen Sie einen großen Kundenkreis haben,"
sagte ich, um mich bei ihm gut einzuführen.

Er schüttelte mit dem Kopf und erwiderte
etwas tragisch: „Man hat mir neulich meinen
Bibliothekschrank abgepfändet, das einzige Möbel=
stück, das mir gehörte. Daher. Irgendwo
muß ich meine Bücher doch unterbringen, ich
muß sie auch stets zur Hand haben, denn sie
sind mein Werkzeug, sozusagen die zerstreut
herumliegenden Geistesähren, die ich zu meiner
Ernte zusammensuchen muß. So macht man
eben heutzutage Stücke."

Als ich mich unwillkürlich umblickte, schien
er meine Gedanken zu errathen, denn sofort
fügte er witzig hinzu: „Sie suchen wohl nach
den ,fliegenden Blättern'? Die sind auch da.
Zehn Jahrgänge, da hinten liegen sie. Ich

habe mir einen Auszug sämmtlicher verwend=
barer Witze und Scherze gemacht. Alles sehr
sauber registriert von A bis Z und sogar die
Situationen vermerkt, wozu man sie gebrauchen
könnte. Von einem guten Witz hängt manch=
mal der ganze Aktschluß ab. Ich erinnere nur
an das Schlußwort in der „Ehre". Das
Publikum geht dann befriedigter aus dem
Theater. Das Abendbrot schmeckt auch besser.
Man muß es nur nicht mit dem Publikum
verderben. Das ist die Hauptsache.

„Das Publikum, das Publikum,

    Das ist im Grunde doch recht duimm,"
deklamirte er, wobei ich zu meiner Freude auch
schauspielerisches Talent an ihm entdeckte. Dann
fuhr er wieder im Redeton fort: „Aber um
Himmelswillen nichts davon merken lassen,
das darf man nur denken, niemals aussprechen.
Nur nicht ans Publikum tippen, denn das
zahlt. . . . Uebrigens kann man die Witze des
Anderen dreist benutzen, ohne sich des geistigen
Diebstahls schuldig zu machen. Witze sind be=
kanntlich Augenblickseinfälle, die nur durch die
Anregung eines Zweiten oder Dritten entstehen.
Also sind sie keine eigentliche Originalproduktion,
die gesetzlich geschützt ist. Viele Wege führen

nach Rom, und viele Urheber hat ein Witz.
Den Witzen geht's wie den Gläsern in der
Kneipe: sie sind für Alle da. Jeder kann daran
nippen, ohne zu wissen, wem es vorher daraus
geschmeckt hat. Das wissen unsere modernen
Luftspieldichter und Possenfabrikanten recht gut,
deshalb haben sie auch Erfolg."

Da mir seine Auslegung bezwingend erschien,
erwiderte ich nichts.

Er hatte indessen einen Stuhl umgekippt, so
daß ein Stoß Zeitschriften zur Erde fiel, und
bedauerte dann sehr, mir keine Zigarre anbieten
zu können, da er nur Zigaretten rauche. Hin
und wieder erblickte ich denn auch die Ueber-
reste einer solchen, die er als Lesezeichen in ein
Buch eingeklemmt hatte. Ich bat also, mir
selbst eine Zigarre meinem Etui entnehmen zu
dürfen, und da ich ihm auch mit einer Zigarette
dienen konnte, die er „augenblicklich" ebenfalls
nicht bei der Hand hatte, so waren wir bald
in Dampfwolken gehüllt und in ein anregendes
Gespräch über moderne Theaterstücke vertieft.

Ich wurde in die Geheimnisse der „Mache"
eingeweiht und bekam Rezepte zu hören, die
ich mir bei meinem gesunden Zustande niemals
hätte träumen lassen. Bisher hatte ich stets

angenommen, daß ein wirklicher Dichter ein
Mann sei, der selbst in der kleinsten Studie ein
Stück seines eigenen Denkens und Fühlens gebe,
nachdem er aus dem Seelenzustand und dem
Antlitz anderer genügend „excerptirt" hatte.
Herr Anton Deichselberg belehrte mich eines
Besseren. Und je mehr verblüffter ich that, um
so mehr lachte er, um so redegewandter gab
er die großen Erfahrungen seiner Praxis zum
Besten.

„Wissen Sie was?" rief er lebhaft aus.
„Ich wette Tausend gegen Eins, daß unter
sämmtlichen Stücken der letzten fünfundzwanzig
Jahre nicht zehn sind, die man als Original
im wahren Sinne des Wortes bezeichnen dürfte.
Ich meine natürlich nur die leichte Waare, die
Lustspiele, Schwänke und Possen, die zu Dutzenden
den Markt überschwemmen und ebenso schnell
verpuffen, wie sie aufgetaucht sind."

Und er begann mir aufzuzählen, wem er
schon gedient habe. Der große X habe
ihm netto hundert Mark gegeben für Aufstellung
des „Gerippe" zu seinem allbekannten Lustspiel
„Der goldene Frosch." Außerdem seien ihm
noch fünfzig Mark extra versprochen worden,
falls einige Situationen gut „einschlagen" sollten.

Leider habe sich X später sehr schofel benommen und sein Wort nicht gehalten. Er, Deichsel= berg, habe es doch nicht ahnen können, daß ein findiger Kritikus großen Radau darüber schlagen würde, daß die Wäscherechnung im dritten Akt genau mit derjenigen des franzö= sischen Originals übereinstimme, das sich zufälliger Weise in der Redaktionsbibliothek befand.

Für hundert Mark könne man doch nicht verlangen, daß er sich noch hinsetze und deutsche Wäscherechnungen erfinde! Es sei schon genug, wenn er die Scenen und Situationskomik aus zwanzig verschiedenen Akten zusammentrage, um mit richtigem Instinkt für die Bühnen= wirkung, das Brauchbare herauszusuchen und zusammenzustückeln. Schließlich könnten die großen Autoren, mit denen er arbeite und die das Fett abschöpften, auch etwas thun und Handlung und Entwickelung hineinbringen. Aber die Herren machten sich die Sache sehr bequem, nähmen eine Hand voll Witze, streuten sie über das Ganze, ließen dann ihren Namen recht groß drucken und heimsten die Tantièmen mit Schmunzeln ein.

Noch viel erzählte mir der große Techniker

und Pfadfinder im Urwalde der Bühnenlitte-
ratur von seinen Beziehungen zu berühmten
Leuten: von dem genialen N, dem er kontrakt-
lich verpflichtet sei, alle vier Wochen eine neue
„Idee" nebst „Aufbau" zu unterbreiten, und in
dessen Villa bei Dresden er schon manchmal
dinirt und soupirt habe, natürlich immer unter
vier Augen, damit die Idee nicht nochmals gestohlen würde.

Auch von dem vielbewunderten Z sprach
er, der pro „brauchbaren" Akt fünfundvierzig
Mark zahle, in baar, nicht etwa in faulen
Koupons, und (nebenbei gesagt) noch einer der
Anständigsten sei, denn er honorire gute Witze
extra; auch zu Weihnachten zeige er sich regelmäßig
erkenntlich und habe ihm sogar einmal einen
Lorbeerkranz aus Pfefferkuchen gestiftet, mit der
schönen, zuckerirten Aufschrift: „Eines thut immer
noth: Das Gute zu nehmen, wo man es
findet."

Dann mußte ich noch staunen über seine
Belesenheit. Er kannte alles: von Racine, über
Dumas, Sardou und Feuillet hinweg bis auf
Blum und Toché, Busnach, Bisson und Feydeau.
Von Goldoni bis auf Verger. Labiche war
vor allen Dingen sein Mann. In dessen alten

Schöpfungen konnte man immer aufs Neue kapern, ihn immer aufs Neue auspressen, aufputzen und ihm einen frischen Anstrich geben.

„Die Sache ist sehr einfach," sagte er wieder, nachdem er Luft geschöpft hatte. „Man nimmt ein großes Sieb, nimmt eine Menge Akte der verschiedensten Stücke, wirft sie hinein, schüttelt sie tüchtig durcheinander und greift dann aufs Geratewohl zu. Es wird sich immer Etwas finden, was zusammen paßt. Man weiß nicht mehr, was zusammengehört, und das giebt Muth, das Tollste zu wagen. Dann geht's ans Schneiden, Flicken und Zusammenkleistern. Maß muß natürlich auch genommen werden, damit Alles in das richtige Verhältniß kommt. Ueberdies darf das Stück nicht zu lange spielen. Denn die Kritiker, die schon für den andern Morgen schreiben müssen, lassen's sonst den Autor fühlen."

Es klopfte. Herein trat der Postbote, der ein Packet aus Paris ankündigte, mit der Frage, ob man es selbst abholen wolle, oder ob die Post es bringen solle.

„Es sind Bücher aus Paris, die neuesten Erscheinungen der Theaterlitteratur, ich muß immer auf dem Laufenden bleiben," rief Deichsel-

berg vergnügt aus, nachdem der Postmensch
sich entfernt hatte. Schon längst war mir eine
große Kiste aufgefallen, die neben dem Bett
stand und mit zerlesenen französischen Büchern
gefüllt war. Wiederum errieth er meine Ge=
danken, deutete auf die Kiste und fuhr fort:
„Was da drin liegt, habe ich bereits ausge=
pumpt. Alles ist in meinem Gedächtniß, aber
ich siebe es immer aufs Neue durch, da findet
sich immer noch etwas. So macht man eben
heute Stücke."

Ich war befriedigt. „Wissen Sie was?"
sagte ich, nachdem ich mich erhoben hatte.
„Sie sollten sich unten ein Schild anbringen
lassen, mit der Aufschrift: „Anton Deichselberg,
Bühnen=Konfektionär. Hier werden Theater=
stücke gewendet, für jeden Bedarf zurechtgestutzt
und neu garnirt. Garantie bis zum Durchfall."

Er lachte aus vollem Halse, drehte sich vor
Heiterkeit im Kreise und rief dann aus: „Bühnen=
Konfektionär, wahrhaftig, das ist die richtige
Bezeichnung für mich. Nun weiß ich erst, was
ich bin, ich armer Kerl!" Sein Lachen ver=
schwand plötzlich, und trübe und wehmüthig
blickte er auf den alten, halb zerfetzten Teppich
zu seinen Füßen.

Er war wohl ärmer, als er dachte, und wußte kaum, in was für einem Lebenssumpf er steckte. Ich wollte ihn in seiner stillen Be= trachtung nicht stören und empfahl mich mit einem Händedruck.

Der Omnibusonkel.

In einem Omnibus hatte Theodor Klopsch seine Liebe begraben, oder besser gesagt: hatte er sie zu Grabe tragen sehen. Als er eines Tages gegenüber seiner lang= jährigen Wirthschafterin, der ebenso soliden wie häßlichen Minna Wachtel, der er fast alle seine täglichen Erlebnisse anzuvertrauen pflegte, das Eis gebrochen hatte, und sie davon nicht be= sonders traurig berührt zu sein schien, fügte er mit gutem Humor hinzu:

„Ich sehe Ihnen schon an, daß Sie das etwas komisch finden; aber, meine beste Wachtel, im Leben ist doch alles möglich! Andere kommen durch Briefe dahinter, die an die falsche Adresse gerathen sind, oder sie hören von einem geheimen Rendezvous, das ihnen die Augen öffnet. Dann kommt es auch vor,

daß man die Ungetreue im Theater überrascht,
wie ich neulich gehört habe. Mir war es eben
beschieden, mich von der Falschheit meiner
Braut im Omnibus zu überzeugen. Ich saß
oben — damals schon! — und sie saß unten.
Und während ich vor Kälte mit den Zähnen
klapperte, raspelte sie ganz gemüthlich mit
einem Andern Süßholz und wurde warm dabei.
Und das Schönste war, ich kam mir ungemein
lächerlich vor und wagte mich nicht zu zeigen,
aus Furcht, ich könnte mich blamiren und
obendrein noch den Spott nach Hause tragen.
Später, als mir die Sache gründlich zum Be=
wußtsein gekommen war, fiel mir der schöne
Vers ein, der so recht zu meiner damaligen
Lage paßte:

„Und da wollt' er wieder runter,
Und da konnt' er nicht."

Frau Minna Wachtel, die gern lachte, wo
es etwas zu lachen gab, hielt denn auch damit
nicht zurück, sondern platzte los, daß es durch
sämmtliche Zimmer schallte. Und Herr Theodor
Klopsch, bereits vernünftig genug geworden,
um diese Unart seiner wohlmeinenden Haus=
tyrannin mit Milde aufzufassen, stimmte fröhlich
mit ein, und war auch dann noch geneigt, über

sein leidiges Pech im Leben zu lächeln, als
Frau Wachtel, bevor sie sich in ihr Reich der
Küche zurückzog, etwas malitiös sagte: „Sie
waren eben damals schon fürs Billige und
rechneten mit dem Pfennig. Hätten Sie zwei
Groschen riskirt, dann hätten Sie auch unten
fahren können, und wer weiß, wie's dann gekommen wäre."

Klopsch wußte sofort, daß sie damit auf
das etwas knappe Wirthschaftsgeld anspielen
wollte, und da er es stets für besser hielt, auf
derartige versteckte Anklagen niemals etwas zu
erwidern, so hüllte er sich auch diesmal in
Schweigen, steckte sich seine lange Pfeife an,
nahm behaglich in der Ecke des Sophas Platz,
verfolgte mit seinen Augen die langen Schwaden
der Rauchwolken, die durch das Zimmer
schwebten, und überließ sich dabei seinen Gedanken, die an die soeben erweckte Erinnerung
anknüpften und längst verblichene Gestalten ihm
noch einmal in ihrer einstigen Frische vor die
Sinne zauberten.

Lang, lang war es her. Zwanzig Jahre
lagen zwischen dem Einst und Jetzt. Damals
bereits war er nahe an den Vierzigern, aber
immer noch simpler Verkäufer in dem Eisen-

waarengeschäft, in das er als blutjunger Mensch eingetreten war, um zuförderst während einer fünfjährigen Lehrzeit sich darin zu üben, im Winter die Finger gegen Frostbeulen zu schützen und im Sommer sich vor dem Winter zu fürchten.

Als Junggeselle ohne Vermögen und Anhang, wohnte er mit einem jungen Kollegen aus einer andern Branche zusammen, dessen Vater ein begüterter Mühlenbaumeister aus der Provinz war, der seinen Sohn aber gern den kaufmännischen Beruf hatte ergreifen lassen. Bald fühlte sich Klopsch zu dem etwas leichtlebigen jungen Mann stark hingezogen, und die Folge war ein aufrichtiges Freundschaftsgefühl für ihn.

Eines Tages lernte Theodor eine junge Dame aus guter Familie kennen, die Tochter eines höhern Subalternbeamten, der in einem entfernten Stadttheil wohnte. Er fand Entgegenkommen, und als er der Ueberzeugung zu sein glaubte, daß der Unterschied der Jahre zwischen Beiden nicht als Hinderniß einer etwaigen Verbindung aufgefaßt wurde, trat er aus seiner Schüchternheit heraus, ging bei den Eltern direkt auf sein Ziel los und wurde gut

aufgenommen, als er Beweise für seine ge=
ordneten Verhältnisse beibringen konnte.

Acht Wochen lang schwelgte er in Seligkeit.
Fast jeden Abend, sobald er im Geschäft ent=
behrlich geworden war, bestieg er den Omnibus,
der in der Nähe seinen Halteplatz hatte, und
fuhr nach der Wohnung seiner Braut. Auf
dieser Omnibusfahrt, die dreiviertel Stunden
dauerte und ihn mitten durch die Stadt führte,
vorbei an modernen Palästen und schließlich
durch winkelige, schmale Straßen mit baufälligen
Häusern, nach deren Dächern er beinahe hätte
greifen können, spann er Träume für die
Zukunft, erholte er sich nach des Tages Last
und Mühe in tollen Phantasien.

Sein junges Glück sollte aber eine jähe
Wendung nehmen. Bella, die Angebetete, hatte
noch eine ältere, etwas häßliche Schwester.
Als Menschenfreund, der Theodor stets war,
kam er auf den Gedanken, es müßte sich sehr
schön ausnehmen, wenn sein Freund und
Wohnungskamerad, der flotte Ernst, sein
Schwager werden würde.

Er führte ihn also in die Familie seiner
Braut ein, wo der schmucke Mensch mit seinem
gewandten Benehmen denn auch mit offenen

Armen empfangen und bald ein gern gesehener
Gast wurde. Da er die Braut seines Freundes
bisher noch nicht kennen gelernt hatte, so
konnte er sich nicht vorstellen, daß vernünftige
Eltern einem beinahe Vierzigjährigen ihre
jüngere Tochter zur Frau geben könnten,
während es doch richtiger gewesen wäre, die
ältere zuerst versorgt zu sehen. Er verliebte
sich also Knall und Fall in Bella, und auch
diese entdeckte allmählich ihr Herz.

Theodor Klopsch, der, wie alle vertrauens=
seligen Menschen, die stark zu naiven Auf=
fassungen neigen, hin und wieder ein Wenig
mit Blindheit geschlagen war, merkte nichts
eher, als bis er eines Abends wieder auf das
Trittbrett des Omnibus gesprungen war, der
sich diesmal bereits auf der Fahrt befand.
Zufälliger Weise saß unten, ganz im Hinter=
grunde, nur ein Pärchen, das ohne Rücksicht
auf seine Umgebung zärtliche Küsse austauschte,
als Theodor gerade im Begriff war, dem
Kondukteur das übliche Zehnpfennigstück in die
Hand zu drücken, um ihm das Besteigen des
Verdeckes zu ersparen.

Und als er dann in dem Pärchen seine
Braut und den ungetreuen Freund entdeckte,

war er so aus allen Himmeln gefallen, daß er
nicht den Muth fand, sich zu zeigen oder
wenigstens bemerkbar zu machen. Beschämt
über sich selbst stolperte er die eiserne Stiege
hinauf, um sich seinen quälenden Gedanken zu
überlassen und einen Entschluß zu fassen.
Die Folge von Allem war, daß Bella erklärte, sich in ihrer Liebe zu ihm geirrt zu
haben und ihn bat, ein für allemal auf sie zu
verzichten. Auch die Eltern fanden in diesem
Verwechseln der Herzen nichts besonders Auffallendes. Der Schwiegervater hatte die Freundlichkeit, dem Betrogenen die ältere Tochter
Klara als „Ersatz“ anzubieten, wofür sich
jedoch Theodor bestens bedankte, mit der
Motivirung, daß er Handelsgeschäfte um
Herzen nicht mache.
So war er denn der Einzige, der den ganzen
Vorgang tragisch auffaßte und das doppelte
Unglück hatte, mit der Braut zugleich den
Freund zu verlieren. Lange Zeit trug er den
Schmerz des betrogenen und zugleich beleidigten
Mannes still mit sich herum. Das Schlimmste
war, er hatte Bella wirklich geliebt, mit jener
tiefen und ernsten Neigung, die bei verschlossenen
Naturen oft von unermeßlicher Wirkung ist.

Um das erlittene Gefühl der Demüthigung zu ersticken, stürzte er sich in doppelte Thätigkeit, wofür ihm denn auch eines Tages, ohne daß er es erwartet hatte, reichliche Belohnung wurde. Sein Chef, der schon seit Langem von einem rheumatischen Leiden geplagt wurde, bot ihm die Uebernahme des Geschäftes an, und zwar unter dem allerweitesten Entgegenkommen, so daß Theodor kurz entschlossen zusagte und somit über Nacht Herr im großen Lager wurde.

Sein eiserner Fleiß, seine Anspruchslosigkeit, gepaart mit Solidität, zogen das Glück noch mehr an, als es dem Vorgänger bereits beschieden war. Es dauerte nicht lange, so hatte er nicht nur die Schuld an seinen Wohlthäter abgetragen, sondern auch sich selbst einen klingenden Fonds geschaffen, der seine kaufmännische Existenz zu einer unerschütterlichen machte. Nun wäre es ihm zwar leicht geworden, sein Schiff in den Hafen der Ehe zu steuern, denn nicht nur versteckte, sondern auch offene Angebote heirathslustiger junger Mädchen und Wittwen, deren Vater er hätte sein können, kamen ihm von allen Seiten zu; aber er verspürte keine Lust mehr, sich zu binden, trotzdem

er sich wohl sagte, daß nun, wo er seiner Frau
ein sorgenfreies Leben bieten konnte, an eine
Wiederholung seines Pechs nicht mehr zu
denken sein werde.

Das jedoch gerade machte ihn noch miß-
trauischer, denn er sagte sich nun, daß man ihn
mehr seines Geldes wegen haben wolle als
seiner persönlichen Eigenschaften wegen. So
beschloß er denn, Junggeselle zu bleiben.

Fünfzehn Jahre lang schaffte er noch tüchtig
als Besitzer des Geschäfts, dann verkaufte er
es überaus günstig und setzte sich zur Ruhe,
um sich den Rest seines Daseins nunmehr so bequem wie möglich zu machen. Kaum jedoch hatte
er das neue Leben des Nichtsthuns vier Wochen
lang geführt, als ihn die Langeweile zu packen
begann und er wirklich in Verlegenheit darüber
gerieth, wie er die Stunden nach dem Nach-
mittagsschläfchen bis zum Abend wohl am
besten hinbringen könnte.

An einem Septembernachmittag zwischen
fünf und sechs Uhr schritt er von seiner
Wohnung, die immer noch in der Nähe seines
einstigen Geschäfts lag, über den Platz, auf
dem die Omnibusse hielten. Und während er
so langsam, den Blick zu Boden gerichtet,

dahinging, fiel ihm die Zeit vor vielen Jahren
ein, wo er so oft des Abends diesen Weg ge=
nommen hatte, um sich mit jugendlicher Be=
geisterung auf das Verdeck zu schwingen. Und
plötzlich hatte er die Empfindung, er müsse es
auch jetzt wie einst thun, um dem Pfade ver=
rosteter Liebe nachzuspüren.

Wirklich, das war eine Idee! Zum Ueber=
fluß erhielt er noch eine Ermunterung, die er
kaum erwartet hatte. Der Kondukteur, der
plaudernd neben dem Kutscher stand, legte bei
seinem Anblick die Hand an die Mütze, nickte
wie zum Gruße lächelnd und sagte treuherzig:
„Sind lange nicht mit mir gefahren, Herr
Klopsch.“ Und als Theodor stutzte und ihn
aufmerksam betrachtete, hegte er keinen Zweifel
mehr: er hatte denselben Kondukteur vor sich,
der ihm damals so oft das Zehnpfennigstück
abgenommen hatte, und für den auch manchmal,
wenn er mit Bella unten im Omnibus gesessen
hatte, ein Trinkgeld abgefallen war.

„Sind Sie's wirklich noch?“ kam es Klopsch
unwillkürlich über die Lippen.

„Jawohl, immerzu, nur 'n Bischen grau
geworden mit der Zeit,“ lautete die Antwort.

Aus der weiteren Unterhaltung ging hervor,

daß der Mann sich öfter drüben im Eisenladen
Kleinigkeiten gekauft und dabei den Namen
seines alten Fahrgastes gehört hatte.

„Sie fahren doch unten, Herr Klopsch?"
fragte der Graubart wieder, dem es als selbst=
verständlich erschien, daß ein Herr in diesen
Jahren nicht mehr auf das Verdeck klettern
werde.

„Nein, nein — oben, wie immer," er=
widerte Theodor, faßte in die Westentasche und
reichte dem Kondukteur das doppelte Fahrgeld,
um sich für das Beleben der alten Erinnerungen
dankbar zu zeigen.

„Nun, mir soll's gleich sein," dachte der
Alte und zog die Signalleine, damit der Wagen
sich in Bewegung setze. „Wenn er für unten
bezahlt und oben fährt, dann könnte er das
Kunststück von jetzt ab wieder jeden Tag ver=
suchen, das wäre mir schon recht."

So saß denn nun Theodor wieder hoch
oben neben dem Kutscher und fuhr dem ent=
fernten Stadttheil zu, den er seit jenem Unglücks=
tage wie einen unangenehmen Ort gemieden
hatte.

Es war ein herrlicher Nachmittag, an
einem jener Spätsommertage, wo halb Berlin

unterwegs zu fein fcheint, um fich im Sonnen=
lichte zu baden. In folchen Stunden, wenn
die Gluth des Cages fich abgefühlt hat und
über die Dächer der Riefenftadt ein leichter
Wind zu ftrömen beginnt, um die Stickluft in=
mitten der Häufer zu reinigen, ift es wirklich
ein Vergnügen, auf ficherer Warte durch die
Straßen zu fahren, ganz von dem Bewußtfein
erfüllt, daß man nichts zu verfäumen habe
und für wénig Geld einen großen Theil des
Steinkoloffes zu fehen befomme.

Und Klopfch ging ganz in diefem Bewußt=
fein auf. Je mehr Straßen er paffirte, je
mehr wurden alte Erinnerungen in ihm wach,
die oft, unfcheinbar in ihrer Art, ihn lächeln
machten oder ernft bewegten. Irgend ein Name
eines Schildes fiel ihm wieder auf, den er früher
bei jeder Fahrt gelefen hatte, der ihm längft
entfallen war, nun aber wieder frifch in feinem
Gedächtniß prangte.

Richtig, da ftand noch in leuchtenden Buch=
ftaben die Firma „Reißaus & Flüchtig", über
deren Kuriofität er fo oft gelacht hatte, weil er
ftets im Zweifel darüber war, wer „ficherer"
von beiden Inhabern fei. An einem großen,
fchmutzigen Chorwege, an deffen Seiten ein

Gewirr von Inschriften in allen möglichen
Farben die Blicke auf sich zog, war immer noch
die Geschäftsreklame: „Klein gehauene Holz=
handlung“ zu lesen, und darunter zog ein
riesiger, aber durchaus eintönig gemalter Hund
einen kleinen Möbelwagen, der die Aufschrift
enthielt: „Fuhren stets im Keller zu jeder Tages=
zeit um die Ecke.“

Ueber Alles das lachte Klopsch herzlich in
sich hinein, gerade wie damals vor zwanzig
Jahren, als er ganz dasselbe zuerst gelesen
hatte. Sein Lachen aber war behaglicher, milder
geworden, gleich dem gedämpften Heiterkeits=
ausbruch beim Anblick eines guten Bekannten,
dessen Laune unveränderlich dieselbe geblieben ist.

Zwanzig Häuser weiter erblickte er auch die
kleine, zurückgebaute Kapelle, die sich inmitten
zweier Steinriesen so winzig ausnahm, daß der
Volksmund von ihr erzählte, jeden Abend kurz
vor Mitternacht komme der Küster und nehme
sie mit sich in die gute Stube, damit sie nicht
gestohlen werde.

Klopsch entsann sich noch ganz genau, daß
an Stelle der jetzigen Miethskasernen früher
kleine Häuschen gestanden hatten und daß in
dem einen ein Schlächterladen gewesen war mit

einer furchtbar dicken Meisterin, die fast den
ganzen Raum hinter dem Ladentisch ausgefüllt
hatte. Wo mochte sie sein? Vielleicht war sie
den Weg allen Fettes gegangen, der schließlich
ebenso zum Grabe führt wie derjenige, auf dem
die altgewordenen Mageren wandeln.

Plötzlich schreckte er leicht zusammen. Wahrhaftig, da stand sie und lebte noch: in einem
neuen, sehr glänzend eingerichteten Laden, in
dessen Thür sie augenblicklich keinen Platz für
andere ließ. Wie es schien, war sie mit den
Jahren noch dicker geworden. Genau wie
früher trug sie ein rothes Tuch um Schultern
und Taille, als wollte sie all' die Ochsen damit
necken, deren leblose Körper dereinst an den
Messinghaken hängen mußten.

Klopsch lachte bei ihrem Anblick so laut
auf, daß sein Nachbar, ein Arbeiter, unwillkürlich mitlachte, trotzdem er nicht wußte, um was
es sich handelte.

Eine Ueberraschung folgte der andern. Denn
als der Omnibus, bedenklich schwankend, in die
Kleine Hamburgerstraße eingebogen war, konnte
sich Klopsch auch davon überzeugen, daß der
„Mützenmann" noch vorhanden war, der an
der Schwelle seines Flurladens, gerade wie vor

zwanzig Jahren, auf einem alten Stuhl saß
und in dem gelben Heft eines Kolportage=
romans las.

Ein anheimelndes Gefühl beschlich Theodor,
das eine gewisse Stimmung der Befriedigung
in ihm erzeugte. Es war ihm, als zöge er
in eine Stadt ein, die er vor langer Zeit ver=
lassen hatte und deren Häuser und Menschen
selige Erinnerungen in ihm wachriefen. Und
wie ein Wanderer, der, endlich in die Heimath
zurückgekehrt, zuerst dahin geht, wo er noch das
Heim seiner Lieben vermuthet, so lenkte auch
Theodor Klopsch vom Endziel der Fahrt aus
unwillkürlich seine Schritte in die schmale Seiten=
straße hinein, wo seine Braut gewohnt hatte.
Erst war er ein Wenig zaghaft, dann aber kam
Muth über ihn.

Gleich einem verliebten Jüngling, der un=
gesehen Fensterpromenade machen möchte, um
das holde Köpfchen seiner Angebeteten hinter
der Gardine zu erblicken, schlich Theodor die
Straße entlang, wobei er spähende Blicke nach
der andern Seite hinübersandte, zum zweiten
Stockwerk des Hauses hinauf, dessen Fensterreihe
noch ebenso schmucklos wie vor Jahren seinem
Auge sich darbot.

Und als er diese Heldenthat noch einmal
vollbracht hatte und zu der Ueberzeugung gekommen war, daß dort oben fremde Menschen
an den Fenstern standen, machte er einen weiten
Bogen und ging schließlich in das Haus drüben
hinein. Seine Neugierde war sehr rege geworden, und so fragte er ein halbwüchsiges
Mädchen nach den Bewohnern des zweiten
Stockwerks. Fremde Namen wurden ihm genannt. Ein alter Mann, eine Art Hauswärter,
der hinzukam, gab ihm die nöthige Aufklärung.
Bellas Eltern waren längst todt. Die älteste
Tochter habe gleich darauf die Wohnung aufgegeben und sei zu der verheiratheten Schwester
gezogen, wohin, wisse er nicht.

Nach dieser Auskunft erwachten die Erinnerungen in Theodor um so lebhafter. Er
warf noch einen großen Blick im Flur herum
und auf die Treppe, deren ausgetretene Stufen
er so oft mit fast jugendlicher Begeisterung
emporgestiegen war, und mischte sich dann
wieder unter die Menge auf der Straße, nun
wirklich ein großes Gefühl der Einsamkeit im
Herzen.

Ein bekannter Brauereigarten in der Nähe
fiel ihm ein, wo er in Gesellschaft Bellas ein-

mal einen sehr vergnügten Abend verlebt hatte.
Eine Treppe führte zum Garten hinauf, von
dem aus man einen freien Blick in das stets
wechselnde Straßengewühl hatte. Als Klopsch
die offene Halle betrat, die den Garten an der
einen Seite abschloß, entsann er sich sogar genau
des Winkels, wo sie damals gesessen hatten.

Er nahm Platz, bestellte sich Bier und
Abendbrot und ließ, während er aß und trank,
in aller Gemächlichkeit die Eindrücke der letzten
Stunden noch einmal munter werden. Und als
er dann, nachdem er sich eine frische Zigarre
angezündet hatte, mit einer Seelenruhe, wie sie
nur einem wohlsituirten Rentier eigen ist, das
rege Leben unter sich betrachtete, das Gewirr
der Menschen und Fuhrwerke aller Art, kam
es ihm sehr spaßig vor, daß er aufs Geratewohl diese Fahrt unternommen hatte, ohne
einen besonderen Zweck damit zu verbinden.

Dann stellte er sich vor, was für eine schöne
Zerstreuung es für ihn wäre, wenn er diese
Fahrten von einem Stadttheile zum andern öfter
unternähme, um irgendwo Station zu machen
und auf diese Art noch auf seine alten Tage
Berlin und die Berliner gründlich kennen zu
lernen. In seinem Stadtbezirk kannte ihn Jeder=

mann, vermochte er kaum zehn Schritte zu thun, ohne angesprochen und durch allerlei Fragen belästigt zu werden. Hier störte ihn Niemand brauchte er nicht zu befürchten, plötzlich von vier Seiten jäh mit den Worten überfallen zu werden: „Nun, Herr Klopsch, was macht die Kouponscheere? Ich habe gehört, Sie wollen sich nächstens den Wannsee kaufen und ihn zuschütten lassen, um sich mitten darauf eine Villa zu bauen. Ja, wer es so weit gebracht hat!"

Sein größter Aerger war, daß man ihn für reich hielt, und daß seine geheimen Neider, die er wie jeder andre Mensch hatte, ihn von Jahr zu Jahr immer für würdiger erklärten, eine Steuerstufe hinaufzukommen. Und diese Beurtheilung seiner zahlungsfähigen Person fand gerade jetzt statt, wo er seine Zinsen anständig verzehren wollte! Das verleidete ihm manche kleine Extravaganz, die er sich gern gestattet hätte. Um so freier würde er also athmen können, wenn er auf seine „Entdeckungsreisen" ginge.

Da Herr Theodor Klopsch zu jenen alten Junggesellen gehörte, denen man, weil sie sich ihre Natürlichkeit bewahrt haben, das Anhängsel „Original" mit auf den Weg zu geben pflegt,

so wollte er diese Auszeichnung denn auch mit
Ehren tragen. So dauerte es denn auch nicht
lange, bis in seiner ganzen Nachbarschaft bekannt
war, daß zu den Eigenthümlichkeiten, durch die
er sich bereits auszuzeichnen pflegte, nunmehr
die Gewohnheit hinzugekommen sei, fast täglich,
sobald das Wetter nur einigermaßen schön war,
gegen Abend das Verdeck eines Omnibus zu
besteigen und das große Berlin von einer Vor=
stadt zur andern zu durchqueren, fast ausnahms=
los zu dem Zwecke, sich den Weltstadttrubel von
oben zu betrachten.

Seine Bekannten lachten darüber, erfanden
den Spitznamen „Omnibusonkel" für ihn,
hänselten ihn ganz gehörig und vermochten nicht
zu begreifen, wie ein Mann, dem der sechzigste
Geburtstag bevorstand, und der seine Beine
wahrhaftig lieb haben sollte, lediglich einer
Marotte zu Liebe unzählige Mal im Jahr die
eiserne Hühnerleiter emporklimmen konnte, um
sich womöglich bei der ersten Gelegenheit das
Schienbein zu verletzen.

Aber er hatte nun einmal Geschmack an
der Sache gefunden und ertrug die kleinen An=
zapfungen am Frühschoppenstammtisch mit der
Ruhe eines Philosophen. Er hatte eben seine

befondere Anfchauung über die Lebensaufgabe
alter Herren in feiner Lage.

Andere unbeweibt gebliebene Rentiers, die
pünktlich nach der Uhr leben und nur das Be-
ftreben zeigen, den Tag mit Anftand hinzubringen, pflegten beim Spazierengehen die
Trottoirfteine zu zählen oder auch die Markt-
hallen zu durchfchnöfern, ohne etwas zu faufen;
vielleicht auch ftundenlang zu Haufe, den Ver-
fuch zu machen, zwei Wanduhren in diefelbe
Gangart zu bringen oder in ihrer Stammfneipe
zum Aerger anderer Gäfte die Voffifche Zeitung
vom Leitartifel bis zur letzten Jnferatenzeile be-
dächtig durchzulefen.

Herr Theodor Klopfch dagegen hatte feine
eigne Paffion und das war eben das Omnibus-
fahren hoch oben auf dem Verdeck.

Sein Vorhaben, fämmtliche Omnibustouren
zu benutzen, um nach und nach alle Vorftädte
Berlins gründlich fennen zu lernen, hatte er
bald aufgegeben. Denn wie mit einer geheimen
Macht zog es ihn immer wieder nach dem
Schönhaufer Viertel hinaus, das er im Stillen
oft mit einer ungetreuen Liebe verglich, von
deren Wohlergehen er fich tagtäglich überzeugen
müffe. Trotzdem hätte er fich niemals ent-

schließen können, hier zu wohnen. Es war
ganz merkwürdig: kaum hatte er in dem
Brauerei=Ausschank sein Bier getrunken und einen
kleinen Imbiß zu sich genommen, so empfand
er auch schon wieder große Sehnsucht nach Hause.

Mit der Zeit hatte er sich so sehr an diese
Fahrten gewöhnt, daß er sehr mißgestimmt war,
sobald schlechtes Wetter ihn verhinderte, die
Stadtreise zu unternehmen. Denn unten im
Omnibus, eingepfercht wie in einem Kasten, zu
sitzen, bereitete ihm keine Freude. Er mußte
oben sitzen in freier Luft, wo er mit vollen
Zügen athmen konnte. Wie hätte ihm denn
sonst auch das Bier und das Abendbrot draußen
im Norden schmecken können!

Unter seiner schlechten Laune hatte dann
Frau Minna Wachtel sehr zu leiden, denn er
lief sehr ungeduldig aus einem Zimmer ins
andre, guckte fortwährend nach dem Barometer,
sandte sehnsüchtige Blicke zum Himmel hinauf
und begann schließlich, um seinem Aerger Luft
zu machen, an allerlei Dingen im Haushalt zu
mäkeln, was er früher niemals gethan hatte.
Dann kam seine Sonderlingsnatur mit Macht
zum Vorschein und äußerte sich in kleinen Un=
ausstehlichkeiten.

An einem solchen Nachmittage, wo es seit
Stunden bereits „Strippen regnete", die ganze
Stadt im Wasser schwamm und keine Aussicht
vorhanden war, daß an diesem Tage noch ein
Strahl himmlischen Lichtes hervorbrechen würde,
verlor die Wachteln endlich ihre Geduld.

„Nun sagen Sie mir blos, bester Herr
Klopsch", begann sie, nachdem sie gehörig Muth
gefaßt hatte, „was haben Sie eigentlich von
Ihrem ewigen Omnibusgefahre?"

„Das verstehen Sie nicht", gab er kurz zur
Erwiderung und stieß dann die Rauchwolken
aus seiner Pfeife so heftig hervor, daß sie dar=
aus sofort auf seinen gereizten Zustand schließen
konnte. „Sie sollten sich nach wie vor mehr
um die Küche bekümmern als um mein Thun
und Lassen," fügte er hinzu.

„Geschieht ja auch, Herr Klopsch", gab sie
ruhig zurück. „Eben deshalb kränkt es mich,
daß Sie jetzt so viele Abende außer dem Hause
essen."

„Wo anders giebt's auch noch gute Beef=
steaks," wendete er ein.

„Früher waren Sie andrer Meinung," er=
widerte sie abermals. „Da konnte Niemand
besser kochen als die Wachteln."

„Das sage ich auch heute noch," entgegnete er nach einer Pause, „aber Sie werden doch gütigst erlauben, daß ich meinen Appetit dort stille, wo er mir gerade kommt."

Dagegen vermochte sie nichts einzuwenden. Aber einmal im Zuge, ihn herauszufordern, machte sie eine Wendung im Gespräch: „Nächste Woche werden es zwölf Jahre, daß ich treu bei Ihnen ausgehalten habe. Früher hatten Sie mir nie etwas zu verheimlichen. Seitdem Sie aber auf Ihre Entdeckungsreisen verſeſſen ſind, bin ich ganz beiſeite geſchoben. Das ſchmerzt mich ... und beleidigt mich. Weil ich es ſtets gut mit Ihnen gemeint habe und nicht möchte, daß es Ihnen zum zweiten Mal ſo gehe wie damals .... Na, Sie wiſſen ja ſchon."

Frau Minna Wachtel verſtand es, hin und wieder ihrer Stimme jene gedämpfte, an Demuth grenzende Färbung zu geben, die unter allen Umſtänden beſchwichtigend auf die Erregung ihres Gebieters wirken mußte.

„Wie meinen Sie denn das?" fragte Klopſch, nun wieder gemüthlich geworden.

„Nun, Sie fahren ja wieder ‚oben‘," erwiderte ſie keck.

Allmählich verstand er, was sie damit
meinte. Er lachte lustig auf, und es dauerte
eine ganze Weile, ehe er sich über den heiteren
Gedanken zu beruhigen vermochte. Dann
sagte er: „Sie glauben wohl, ich könnte auf
meine alten Tage noch die Dummheit begehen
und heirathen . . . Nein, beste Frau Wachteln,
Ihre Prophetengabe in allen Ehren, aber
diesmal haben Sie sich verrechnet."

„Alte Liebe rostet nicht," gab sie mit einem
Achselzucken zurück.

Ihre Bestimmtheit machte ihn stutzig, und
als er sie verblüfft und zugleich fragend ansah,
fügte sie mit derselben Ruhe hinzu: „Man
macht sich doch auch seine Gedanken, die
manchmal nicht trügen. Und wenn man etwas
in der Zeitung liest und sich Ihre Herzens-
geschichte von damals mit Ihrer Omnibuswuth
zusammenreimt, dann wird man wohl das
Richtige getroffen haben."

Nun wurde ihm die Sache doch zu toll, er
brauste aufs Neue auf und drang in sie um
Aufklärung.

Ohne ein Wort zu sagen, ging sie ins
Nebenzimmer, kehrte wieder zurück und reichte
ihm ein zerknittertes Zeitungsblatt hin, tippte

auf eine Stelle desselben und verschwand stumm,
nicht ohne ihm noch zuvor einen vielsagenden
Blick zugeworfen zu haben.

Es war Dämmerung im Zimmer. Er
trat ans Fenster und las die Anzeige vom
Tode Dessen, für den er einst wahre freund=
schaftliche Gefühle gehegt und der ihm die
Geliebte entfremdet hatte. Die Nachricht ging
von Frau und Kindern aus und pries in
überschwenglicher Art die Eigenschaften des
Verstorbenen.

Theodor Klopsch sah nach dem Datum des
Blattes und fand, daß bereits ein Jahr ver=
strichen, seitdem es erschienen war. Nun be=
griff er Frau Wachtels Andeutungen erst völlig.
Sie hatte ihn in dem Verdacht gehabt, er
könnte Kenntniß von der Wittwenschaft seiner
einstigen Braut gehabt haben und bereits auf
dem besten Wege sein, seine Bewerbungen
wieder aufzunehmen. Trotzdem das Unerwartete
ihn ernst gestimmt hatte, mußte er lächeln.
Dann aber verfiel er in jenes tiefe Nachdenken,
das eine Folge schmerzlichen Erinnerns ist.
Nun rollten die Jahre zurück, trat das Gewesene
wieder vor sein inneres Auge. Und plötzlich,
während er in einer Erregung, die er nicht

begriff, durch das Zimmer schritt, erwachte
mächtig die Sehnsucht in ihm, Diejenige, die
allein Schuld daran hatte, daß er ein schrullen=
hafter Junggeselle geblieben war, noch einmal
wiederzusehen. Nicht, daß er die Absicht hegte,
sich ihr zu nähern — nein, sie nur noch einmal
unbeobachtet zu schauen, das wäre ihm Be=
dürfniß seines Herzens gewesen.

Es war der stille, bescheidene Wunsch eines
Mannes, der, den Abend seines Lebens vor
Augen, sich zum letzten Mal an einem Sonnen=
blick seiner glücklichsten Jahre erquicken möchte.
Ja, Frau Wachtel hatte Recht: „Alte Liebe
rostet nicht." Jetzt, wo die einstige Angebetete
wieder frei war, empfand Theodor das Wunder=
same, das in den Worten lag. In den
nächsten Minuten aber bereits schalt er sich
einen Narren, der sich tollen Hirngespinsten hin=
gebe. Schließlich ärgerte er sich, erst nach so
langer Zeit von der Todesnachricht Kenntniß
erlangt zu haben. Er pflegte doch sonst beim
Morgenkaffee den Inseratentheil seiner Zeitung
sorgfältig zu studiren.

In der Dunkelheit im Zimmer, am Fenster
stehend, spann er seine Gedanken weiter. Er
hatte das Leben des einstigen Freundes nicht

weiter verfolgt, nur gelegentlich davon gehört,
daß dieser das Haus seines Vaters in der
Provinz übernommen habe, dann aber wieder
in Berlin als Inhaber irgend eines Geschäftes
aufgetaucht sei. Im Uebrigen hatte Theodor
kein Verlangen gezeigt, diese Spuren weiter zu
verfolgen, weil er die alte Wunde nicht auf-
reißen wollte.

Wenn sie in Berlin war, mußte sie doch
irgendwo wohnen. Er zündete ein Licht an,
und mit einer Behendigkeit, die ihm Frau
Wachtel niemals zugetraut hätte, bestieg er
einen Stuhl und holte von einem Schrank das
dickleibige Adreßbuch herunter, in dem er nach
dem Namen Franke zu suchen begann. Es
waren aber so viele Frankes vorhanden, die
sich Kaufmann nannten und deren Vornamen
mit einem F. begannen, daß sein Forschen
nutzlos blieb.

Er überlegte und kam schließlich zu dem
Ergebniß, daß das Einfachste wäre, das Ein-
wohnermeldeamt aufzusuchen, um dort die
Adresse zu erfahren.

Am anderen Tage war er auch bereits auf
dem Wege dorthin, als er sich plötzlich wieder
besann und umkehrte. Er kam sich wie ein

Thor vor, der noch im hohen Alter das kindische
Verlangen zeigt, sich an dem flüchtigen Gebilde
von Seifenblasen zu ergötzen. „Theodor sei
kein Esel," sprach er halblaut vor sich hin.
„Du könntest vielleicht zum zweiten Mal den
Laufpaß erhalten."

Seitdem Frieden über ihn gekommen war
und er in behaglicher Ruhe sein Dasein genoß,
scheute er jede Aufregung, und so nahm er
sich nunmehr fest vor, die plötzlich in seinem
Herzen aufgezüngelte Flamme zu ersticken.
Weshalb sich auch aufs Neue Qualen zu bereiten, die vielleicht doch nur in einer Ent-
täuschung geendet hätten! Wer das Feuer
einmal kennen gelernt hat, der fürchtet es.

Eine ganze Woche blieb es schlechtes Wetter,
zum großen Verdruß Theodors, der dadurch
völlig aus seinem seelischen Gleichgewicht gebracht
wurde. Dann aber kam die Erlösung für ihn.
Der Oktober nahte und brachte trockene Tage
mit klarem Himmel.

Eines Abends, später als sonst, fuhr Klopsch
wieder seinem heimischen Stadttheile zu.
Während er, in Gedanken versunken, die erleuchteten Fenster der ersten Stockwerke an sich
vorüberziehen ließ, war es ihm plötzlich, als

erblickte er in einem Zimmer ein bekanntes
Gesicht. Man befand sich in einer alten,
schmalen Straße, deren niedrige Häuser zum
größten Theil noch ehrwürdige Giebeldächer
zeigten. Der Omnibus fuhr hart am Bürger=
steig dahin, und plötzlich bekam er einen Ruck
und blieb stehen. Ein Lastwagen, der, unver=
muthet aus einem Thorweg herausrollend, die
Straße quer durchschnitt, hatte die Pferde zum
Stehen gebracht. Wie aus einem Traum fuhr
Theodor empor und starrte vor sich in den
erleuchteten Raum. Er blickte in ein kleines,
dürftig eingerichtetes Zimmer, an dessen großem
Tisch in der Mitte eine Anzahl Kinder um
eine Schüssel dampfender Kartoffel saßen. Eine
magere Frauensperson mit spitzen Zügen
machte sich an dem Tisch zu schaffen. Am
Fenster, hell beleuchtet vom Licht der Lampe,
stand eine zweite schwarzgekleidete Frau und
blickte, mit müdem Ausdruck in den abgehärmten
Zügen, auf die Straße.

Ja, das war sie! Und die Andere war die
Schwester! Zwei Jahrzehnte hatten nicht ver=
mocht, das Bild der einst Geliebten aus
Theodors Gedächtniß zu bringen. Ein Zittern
befiel ihn, denn sein Herz begann wie in jungen

Jahren zu klopfen. Unbeschreibliche Aufregung
bemächtigte sich seiner, die ihn hinderte, rasch
einen Entschluß zu fassen. Erst als der
Omnibus um die nächste Straßenecke bog,
bekam er seine Fassung wieder. Er stieg her=
unter und kehrte in die Gasse zurück. Bald
fand er das Haus, das er suchte.

Im Paterregeschoß wohnte der Hauswirth,
ein kleines, verbissen aussehendes Männchen,
das zuerst kurz angebunden war, dann aber
Theodor die nöthige Aufklärung gab. Was
er geahnt hatte, wurde ihm nun bestätigt: im
ersten Stockwerk herrschten Noth und Elend, die
Folgen von geschäftlichem Ruin des verstorbenen
Ernährers. Das Aergste stand bevor, denn die
Miethe war seit Monaten nicht mehr bezahlt
worden. „Sonst sehr brave Frauen, fleißige,
artige Kinder, aber leider, leider — kann ich
nicht länger warten," lautete das wiederholte
Klagen des kleinen Männchens.

Theodor Klopsch war tief bewegt. Er
zauderte nicht lange, holte einen Hundert=
markschein hervor, legte noch einiges Klein=
geld dazu, ließ sich eine Quittung darüber
geben und ließ so nebenbei durchleuchten,
daß er ein Verwandter der Familie sei,

der sich auch demnächst der Kinder anzunehmen gedenke.

„So, so, das ändert die Sache," sagte das vertrocknete Männchen, fand nun Alles in der Ordnung und begleitete mit einer tiefen Verbeugung den Wohlthäter bis zur Thür.

Draußen blieb Theodor eine Weile gedankenvoll stehen. Sein Herz drängte ihn, hinaufzugehen, gleich in dieser Stunde seine Hilfe anzubieten, aber sein Stolz hielt ihn davon ab. Ja, er wollte sich Derjenigen annehmen, die ihn einst belogen und betrogen hatte, somit edle Rache üben, aber es sollte im Geheimen geschehen, ohne daß sie wußte, woher die Hilfe kam. Seine Hoffnungen waren zerstört und begraben, aber die Erinnerung sollte blühen und weitersprossen und ihm das Ende seines Daseins erleichtern helfen. Denn das Schönste blieb doch immer das Bewußtsein, uneigennützig gehandelt zu haben.

„Nun, Sie sind ja heute so gut aufgelegt, wie lange nicht, Herr Klopsch," sagte Frau Wachtel an demselben Abend noch, als ihr Gebieter sich sogar zu einem heiteren Pfeifen verstieg.

„Ich habe wieder eine Entdeckung gemacht,

diesmal eine kapitale," gab er launig zurück.

„Wieder ‚unten‘?" fragte sie etwas boshaft.

„Nein, diesmal oben," erwiderte er kurz und hüllte sich dann in Schweigen.

Frau Wachtel verschwand mit einem etwas verblüfften Gesicht, tröstete sich aber mit dem Gedanken, daß „etwas Ernstliches" nicht vorliegen könne, weil das weibliche Geschlecht „oben" noch nicht fahren durfte.

Ein Förderer der Kunst.

Seit einer halbe Stunde bereits wartete Hugo Münzer in dem kleinen Vorsalon, der neben dem Arbeitszimmer des Gewaltigen lag.

Er stand wie auf Kohlen. Während er noch immer die Photographien moderner Bühnenleiter und Schauspieler an den Wänden betrachtete, deren Widmungen ihn fortwährend daran erinnerten, daß er sich in den Räumen eines der größten Theater-Agenten Berlins befand, entging ihm nichts von Dem, was nebenan gesprochen wurde. Er brauchte dazu sein Gehör nicht besonders anzustrengen, denn die Zugänge zur ganzen Zimmerflucht waren nur durch Portièren verhängt.

Wenn er den Kopf ein Wenig wendete, so konnte er Herrn Maurice Fistler sitzen sehen, einen mittelgroßen, wohlbeleibten Herrn mit

leuchtender Glaße, der in dem großen ge=
schnißten Sessel vor dem riesigen Diplomaten=
tisch, fast verschwand, um so lebhafter aber sich
durch seine helle Stimme und durch heftiges
Agiren seiner beiden kurzen Arme bemerkbar
machte.

Neben ihm, an der Schmalseite des Schreib=
tisches, den rechten Arm auf die Platte des
Tisches gestützt, in der linken, mit hellem
Glacé überzogenen Hand den glänzenden
Zylinderhut haltend, saß Herr Leopold Wichtig,
der bekannte Lustspiel= und Schwankdichter,
einer von den en vogue-Autoren, deren ganzes
Dasein sich um die Frage drehte: „Wieviel
Tantième giebt es?" die mit Stolz von sich
behaupten durften, zu jeder Tages= und Nacht=
zeit von ihren Agenten empfangen zu werden,
und welche mit einer gewissen Verachtung
von der modernen Bewegung in der Litteratur
sprachen.

Durch sein Renommee hatte er in dieser
Stunde Hugo Münzer verdrängt, der zuerst auf
demselben Stuhl gesessen hatte, um den viel=
vermögenden Agenten zu bitten, sich seines ersten
Bühnenwerkes anzunehmen. Kaum hatte er
aber die Unterredung begonnen gehabt, als der

vielbegehrte Schwankdichter angemeldet wurde,
was zur Folge hatte, daß Herr Maurice
Fißler sofort aufsprang, der großen Bühnen=
Autorität entgegeneilte, sie mit einem Schwall
von Worten begrüßte, die Beiden flüchtig vor=
stellte, wobei der Name „Herr Leopold Wichtig"
besonders stark betont wurde, und dann den
jungen Mann mit den sich überstürzenden
Worten in das Nebenzimmer hineinkomplimen=
tirte: „Nicht wahr, mein lieber Herr Münzer,
Sie haben doch Zeit? Es eilt bei Ihnen
nicht so, nicht wahr? Sie entschuldigen mich
wohl .... Nur wenige Minuten, nur ganz
kurze Zeit! Wir sprechen dann ausführlich über
Ihr Schauspiel."

Aus den „wenigen Minuten" war dann
glücklich eine halbe Stunde geworden.

Es war auch ganz so in der Ordnung:
lang bewährte Geschäftsfreunde gingen vor.
Wer am meisten einbrachte, der durfte auch
zuerst gehört werden. Hier an diesem Ort,
vor dem so manche Provinzbühne zitterte, wenn
es sich darum handelte, in den Besitz des
„Schlagers der Saison" zu gelangen, war die
ganze dramatische Litteratur weiter nichts als
eine melkende Kuh, die nur gehegt und gepflegt

wurde, sobald sie dick und fett blieb und
ihren Platz im Kunststalle einträglich aus=
füllte.

„Wie, Sie wollen ein ernstes Stück schreiben,
mein Lieber — 'n Stück, in dem sie sich nicht
kriegen?" hörte Münzer dann den Gewaltigen
mit seiner hellen Trompetenstimme sagen, die
ihm etwas Unmännliches gab. „Weshalb
wollen Sie ein ernstes Stück schreiben, mein
lieber Herr Wichtig? Ueberlassen Sie das doch
anderen Leuten, die auf Ibsen schwören. Sie
haben es doch wahrhaftig nicht nöthig, ernste
Stücke zu schreiben. Ich begreife Sie nicht!
Nehmen Sie's mir nicht übel."

Die Papierscheere, mit der der kleine, leicht
erregbare Mann gespielt hatte, fiel mit leisem
Klirren auf den Schreibtisch. Es war, als
wollte er durch dieses Geräusch seine Ent=
rüstung darüber andeuten, daß er eventuell ganz
bedeutende Einbuße an seiner Vermittlergebühr
erleiden könnte.

„Ich weiß nicht, wie Sie auf solche Ge=
danken kommen konnten, mein Lieber! Wes=
halb? Wozu? Haben Sie vielleicht bis jetzt
nicht genug verdient? Ich danke! Sie haben
das Geld doch manchmal scheffelweise eingekriegt.

Sie sind einfach Das, was man einen glücklichen Autor nennt."

Herr Leopold Wichtig lächelte ersichtlich ge= schmeichelt, schlug ein Bein über das andere, reckte den Oberkörper und warf etwas von oben herab ein: „Ja, wissen Sie, mein lieber Fistler — man muß doch auch einmal zeigen, daß man so etwas kann — muß auch mal etwas Litterarisches schaffen."

Plötzlich dämpfte Herr Maurice Fistler seine Stimme und raunte ihm zu: „Verkleinern Sie sich doch nicht selbst."

Aus dem Flüsterton, der folgte und aus einem Seitenblick, den Münzer auffing, glaubte er zu entnehmen, daß auf seine Anwesenheit hingewiesen wurde."

„Die Kritik nörgelt mir zu viel in letzter Zeit. Ich will ihr doch einmal eine Nuß auf= zuknacken geben," fuhr der Schwankdichter weniger laut fort.

„Die Kritik," unterbrach ihn Fistler weg= werfend, „die ist nur neidisch auf Ihre Erfolge. Was brauchen Sie sich noch aus der Kritik zu machen? Sie schreiben Kassenmagnete, ver= stehen Sie: Kassenmagnete, und haben die Gunst des Publikums, das genügt."

Und als wollte er dem im Nebenzimmer
Horchenden seinen Standpunkt in dieser Be=
ziehung ein= für allemal zu verstehen geben,
fuhr er auffallend laut fort: „Thun Sie mir
blos den Gefallen, mein lieber Herr Wichtig,
und befassen Sie sich nicht mit sozialen Problemen.
Problem ist auch so ein Wort, das im Bühnen=
kurs von Tag zu Tag immer mehr sinkt.
Ibsen macht so viel wie garnichts. Wann
wird er denn mal gegeben? Alle Achtung
vor Ibsen, aber er ist Nichts fürs große
Publikum. . . . Die Hauptsache ist ein gutes
Stück, das bühnenwirksam ist. Verstehen Sie:
bühnenwirksam. Der Stoff ist ganz egal, aber
es muß ein Stück sein! Ein Stück! Und Sie
machen eben Stücke — richtige, wirkliche Stücke!
Weshalb wollen Sie sich also in Unkosten
stürzen? Bleiben Sie ruhig bei der Stange
und lassen Sie nach wie vor die Pärchen am
Schlusse sich kriegen. Heirathen thut Jeder
gern einmal.“

„Auch ein Standpunkt,“ dachte Münzer,
dem kein Wort entgangen war und der fort=
während an das Manuskript dachte, das er in
seiner Paletottasche trug. Um sich zu zerstreuen,
hatte er bereits in sämmtlichen Cabinetbildern

gewühlt, die auf einem kleinen, runden Tische
in unregelmäßigen Haufen aufgestapelt waren,
und zum größten Theil stark dekolletirte Schau=
spielerinnen in allen möglichen Stellungen, zum
Theil auch in Costumerollen darstellten.

Nun setzte er sich und griff nach einer
Zeitung, die vor ihm lag. Es war „Der
Bühnenfreund", die Fachzeitschrift des Herrn
Fistler, die gegen theures Abonnement an alle
diejenigen Theater=Direktoren und Autoren zur
Versendung kam, die an dem Inhalte besonders
interessirt waren.

Münzer, der schon davon gehört hatte, daß
fast jeder Agent sein eigenes Blättlein habe,
noch niemals ein solches zu Gesicht bekommen
hatte, bekam einen gelinden Schreck, als er
die Beilagen durchblätterte und die Fülle von
Theaterstücken angekündigt sah, die sich im
„Debit" des Herrn Maurice Fistler befand.

Seine ideale Vorstellung von der Bühnen=
litteratur sank ganz bedeutend. Er glaubte, ein
großes Auktionsverzeichniß des Parnaß vor sich
zu haben, in dem die ganze moderne Bühnen=
dichtung mit tausend Ausrufungszeichen ange=
priesen werde.

Wohin er blickte, las er: „Sensationeller

6*

Erfolg!" — „Durchschlagender Erfolg!" — „Größter Erfolg der Saison!" — Mit unbe= schreiblichem Erfolge aufgeführt!"—„Stürmischer Heiterkeitserfolg!" — „Tiefgehender, unerhörter Erfolg!" u. s. w. u. s. w. Tragödie, Schau= spiel, Lustspiel, Schwank und Posse — Alles war in einem wilden Durcheinander angezeigt, nur getrennt durch die bekannten, möglichst fett aufgetragenen Inseratenlinien, damit den Augen des betreffenden Provinzdirektors keines der An= gebote entgehe.

Hugo Münzer wurde der klare Blick ge= trübt. Fast ergriff ihn ein Schwindel angesichts dieser Reklametafel zur Befriedigung des Kunst= hungers am Ende dieses Jahrhunderts. Es war ihm, als schrieen sich alle Verfasser dieser ver= lockend angekündigten Theaterwaare gegenseitig mit den Worten an: „Siehst Du, ich bin der größte Dichter unserer Zeit, denn ich habe den größten Erfolg. Hier steht es Schwarz auf Weiß."

Etwas wie Weltschmerz überkam ihn, der ihn im Augenblick sehr wehmüthig stimmte. Dann ergriff ihn ein gewisser unbestimmter Ekel vor Etwas, das er noch nicht ganz zu fassen vermochte.

Zum Glück wurde der runde Bauch des Herrn Fistler unter der Portière sichtbar, und

so konnte er sich wieder anderen Gedanken hin-
geben. Der Gewaltige wollte dem Schwankdichter die neue Wohnung zeigen, die er erst in
diesem Quartal bezogen hatte. Mit Gönner-
miene lud er Münzer ein, auch einmal von
dieser Gelegenheit Gebrauch zu machen. Alle
Drei durchschritten einen großen, fürstlich aus-
gestatteten Salon, in dem ein prächtiger Konzert-
flügel ganz besonders auffiel.

„Aha, hier singen die Primadonnen,"
bemerkte Herr Leopold Wichtig und tippte beim
Vorübergehen auf die Tasten.

„Was meinen Sie, wer hier schon Alles
gesungen hat!" warf Fistler mit einer Handbewegung ein, deren Bedeutung mehr für
Münzer bestimmt war. Unstreitig wollte er
diesem nach jeder Richtung hin imponiren.

Dann betraten sie das Speisezimmer, einen
saalartigen Raum, in dem ganz gut ein halbes
Hundert Menschen Raum haben konnten. Die
Wandtäfelung mit Phantasie-Wappenschildern
und die hohen geschnitzten Sessel, deren Lehn-
spitzen in fünfzackigen Kronen ausliefen, machten
in dieser Umgebung auf Münzer einen sonder-
baren Eindruck.

„Sind Sie adlig, Herr Fistler, wenn ich

fragen darf?" fragte er in einer leisen Anwandlung von Boshaftigkeit, wonach sich aber der Angeredete ersichtlich geschmeichelt zu fühlen schien.

„Wir sind Alle adlig, wenn wir das Geld dazu haben, mein lieber Herr Münzer," erwiderte er, abermals im Gönnerton. „Unser Bestreben um die Förderung der Kunst adelt uns am meisten. Was meinen Sie, wieviel Barone hier schon an meiner Tafel gesessen haben?"

„Schwindeln Sie doch nicht, Fistler," fiel ihm Herr Leopold Wichtig ins Wort, der sich eine derartige Keckheit schon erlauben konnte. „Eigentlich ist es doch immer derselbe Baron, den Sie geschickt auf verschiedene Stühle zu vertheilen wissen," fügte er hinzu, da er gern witzig sein wollte. „Nächstens werden Sie ihn noch zum Dessert herumreichen."

Es handelte sich um einen Freiherrn sehr alten Adels, der hin und wieder auch Stücke schrieb und aus Erkenntlichkeit für die Vorschüsse von Seiten Fistlers, diesem die Ehre gab, die Sektabende durch seine Anwesenheit zu verschönern.

„Auf eine Art muß mein Entgegenkommen

doch verzinst werden," erwiderte Fistler, der
zwar über die Offenheit seines ergiebigsten
Autors stets großen Aerger verspürte, ihn aber
aus Geschäftsrücksichten unterdrückte. Er wußte,
wenn er es mit Wichtig verdürbe, würde dieser
sofort von einem Konkurrenten mit offenen
Armen empfangen werden.

„Stellen Sie nur immer schon den Pommery
kalt zu meiner Première, lieber Fistler. Ich
bringe die Hensing mit, sie möchte auch einmal
einen Rummel bei Ihnen mitmachen. Wenn
Sie bis dahin recht artig sind, können Sie auch
neben ihr sitzen," sagte der große Bühnenautor
noch zum Schluß, als sie wieder zurückkehrten.
Dann, ehe er sich von Münzer empfahl, den
er bereits aus seinen Novellen kannte, raunte
er ihm zu: „Sehen Sie, so muß man seinen
Agenten behandeln. Machen Sie es ebenso."

Endlich war Münzer mit dem Gewaltigen
allein und saß nun wieder auf dem berühmten
Stuhl neben dem Schreibtisch, den ihm Fistler
mit einer einladenden Handbewegung als
„Autorenstuhl" bezeichnet hatte.

„Wissen Sie, wer schon auf diesem Stuhle
gesessen hat?" bemerkte Herr Maurice Fistler
beiläufig. „Ibsen — im vergangenen Winter;

eine ganze Viertelstunde. Gestern war übrigens auch Lindau hier. Alle berühmten Autoren haben schon darauf gesessen .... Hoffentlich haben Sie auch Erfolg. Was haben Sie denn?"

Münzer zog sein Manuskript hervor und faßte sofort den Muth, in der überschwänglichen Art und Weise einer idealen Jugend den Gewaltigen auf das Verdienst aufmerksam zu machen, das er sich erwerben würde, wenn er sich des Werkes warm annähme. Der Erfolg müßte unausbleiblich sein.

Sofort unterbrach ihn Kistler ironisch. Das sage jeder Autor von seinem Werke. Wo denn die vielen Erfolge herkommen sollten? Durchfälle müßten immer sein, denn wenn gar keine Stücke mehr abfielen, würde das Publikum mißtrauisch werden. Dann sagte er mit einem bedauernden Kopfschütteln: „Schade, der Markt ist so überschwemmt mit Schauspielen. Lauter Angebot und keine Nachfrage. Schade, sehr schade!"

Als Münzer das Wort „Markt" vernahm, dachte er wieder mit gelindem Entsetzen an das „Auktionsverzeichniß des Parnaß", das er vorhin in Händen hatte.

„Können Sie nicht 'n Luſtſpiel d'raus machen?" platzte es plötzlich in ſeinen Gedanken= gang hinein. „Ueberlegen Sie ſich einmal die Sache, mein lieber Herr Münzer," fuhr Fiſtler fort, indem er in dem Manuſkript flüchtig blätterte. „Ich leſe hier eben, daß Jemand ſtirbt, wahrſcheinlich die Heldin. Das hätten Sie nicht thun ſollen. Iſt die Heldin hübſch, iſt's um ſo ſchlimmer..."

Münzer wagte die Einwendung, daß in dieſem Falle der Tod ſeiner Heldin durchaus nothwendig ſei, denn aus Gründen der Pſycho= logie könne ſie nicht am Leben bleiben. Es gebe doch gewiſſe dramatiſche Geſetze —.

Der Gewaltige ſchien wieder Neigung zur Gereiztheit zu haben. „Gehen Sie mir mit den dramatiſchen Geſetzen, die Hauptſache iſt die Wirkung aufs Publikum. Die Wirkung.." unterbrach er den jungen Autor mißbilligend. „Das Publikum will in modernen Stücken keine Todten mehr ſehen. Das haben die Klaſſiker ſchon genug beſorgt. Laſſen Sie 'mal einen modernen Othello oder eine moderne Desde= mona auf der Bühne ermorden, dann werden Sie was Schönes erleben. Das Publikum wird heulen, aber nicht vor Aufregung, ſondern aus

Wuth, weil es keine faulen Aepfel für Sie
bereit hat. . . . Ich werde Ihnen was sagen.
Setzen Sie sich mit Herrn Leopold Wichtig in
Verbindung, vielleicht findet er eine Schwank=
idee in dem Stück."

Münzer hatte die Empfindung, als müßte
er die Arme ausstrecken und diesen seltsamen
Förderer der Kunst durch unbarmherzige Griffe
an der Kehle langsam zum Orkus befördern.
Mit wie wenigen Worten wurden die Träume
langer Nächte vernichtet! Endlich bekam seine
Hoffnung wieder einen Stoß.

Herr Maurice Fistler hatte eine Weile über=
legt, dann sagte er anscheinend wohlwollend:
„Ich bin immer bereit, die jungen Talente zu
fördern. Lassen Sie mir das Stück hier, ich
werde es im „Bühnenfreund" anzeigen. Kennen
Sie schon mein Blatt? Soll ich es Ihnen zu=
schicken? Dann befinden Sie sich immer im
Laufenden. Ich empfehle Ihnen ein Probe=
Abonnement. Wir ersparen dadurch viele
Korrespondenz."

Hugo Münzer hatte bereits in die Tasche
gegriffen, denn die Eitelkeit des Dichters packte
ihn mächtig. Sich unter allen diesen Bühnen=
Autoren gedruckt zu sehen, mußte doch anfeuernd

auf ihn wirken. Vielleicht erbarmte sich doch
irgend ein Direktor seines Musenkindes, dem
man bisher nur geringes Verständniß entgegen=
gebracht hatte. Er legte die sechs Mark als
Abonnementsgeld für ein Vierteljahr auf den
Tisch und nahm die Quittung entgegen, die auf
ein Klingelzeichen des Gewaltigen aus dem
Bureau nebenan hereingebracht worden war.

„Auf Wiedersehen, mein verehrter Herr
Münzer," verabschiedete ihn der große Agent
mit besonderer Lebhaftigkeit. Er hatte sich so=
gar von seinem Sessel erhoben. „Ich hoffe,
daß wir Beide Glück haben. Gute Schau=
spiele werden immer sehr gesucht. Adieu,
Adieu!"

Als der junge Dichter sich wieder auf der
Straße befand, empfand er doch die dunkle
Ahnung, sein Stück werde den ungeheuren Berg
der Manuskripte vermehren, den, zu seinem
Schrecken, ihm der Agent in einem verstoh=
lenen Winkel des Kabinets gezeigt hatte.

Der Rundreise-Wirth.

Mein Hauswirth ist ein höchst origineller Herr, der zu jener angenehmen Sorte von Menschen gehört, die der Berliner Volksmund kurzweg mit Sechsdreierrentiers zu bezeichnen pflegt. Das sind gemeinhin Leute, die ihren alten Beruf längst vergessen haben und ihren neuen darin erblicken, in ihren vier Wänden mit den Pfennigen zu rechnen, auf der Straße wie kleine Sultane dahin zu schreiten und an ihrem Stammtisch jede Gelegenheit zu benutzen, um von ihrem „großen Hause" zu reden, wo= bei die „hohen Erträgnisse" eine bedeutende Rolle spielen. In der Regel vergessen sie aber dabei zu erwähnen, daß sie vorsichtig genug waren, sich Häuser mit flachen Dächern zu wählen, damit die Hypotheken Platz genug haben.

Die Hypothekenzinsen! Das ist das Schreckens-
wort dieser kleinen Tyrannen, das mir auch
hauptsächlich Veranlassung gab, in mannigfachen
Handlungen meines Hauswirthes jene köstliche
Originalität zu sehen, die auf Naturen, die für
Humor empfänglich sind, gerade deswegen so
stillerheiternd wirkt, weil sie dem Urheber un-
bewußt ist.

Bereits vor sieben Jahren, als ich zuerst
das Vergnügen hatte, zu seinen Miethern gezählt zu werden (ich gehöre zu den seßhaften
Leuten, die einen Umzug gleichbedeutend mit
einer Auswanderung halten), lernte ich ihn von
dieser Seite kennen.

Es war im Mai, und ich hatte etwas sehr
Nothwendiges mit ihm zu besprechen, weil er
es bisher andauernd vermieden hatte, sich wegen
einer Reparatur bei mir sehen zu lassen, was
in einem auffallenden Gegensatz zu der Eil-
fertigkeit stand, mit der er die Miethe entgegen-
genommen hatte.

Als ich etwas hastig an dem Klingelknopf
der ersten Etage gezogen hatte, wurde mir auf
meine Frage, ob Herr Schultze anwesend sei,
von einem sehr unschuldsvoll gekleideten Haus-
mädchen die hochmüthige Antwort, daß „Schultzes"

hier nicht wohnten. Damit wurde die Korridorthür etwas unsanft vor meiner Nase zuge-
schlagen, trotzdem ich in meinem Aeußeren
durchaus Nichts besaß, was die Verwechslung
mit einem Kolporteur hätte erklärlich machen
können.

Ich hätte beschwören können, vor kaum
einer Woche von meinem Hauspascha in dieser
Wohnung empfangen worden zu sein, redete
mir jedoch ein, mich geirrt zu haben. So
klingelte ich denn etwas ärgerlich auf der
anderen Seite, erfuhr aber dieselbe Abweisung,
allerdings mit dem höflichen Zusatz, daß Herr
Schultze „verzogen" sei. Richtig, hier stand
ebenfalls ein anderer Name auf dem Schild.

Mir wurde beängstigend zu Muthe. Wie
konnte ein Wirth plötzlich verzogen sein, den
ich Mittags noch über den Hof hatte schreiten
sehen! — Der Portier mußte mir Auskunft
geben können, denn Portiers müssen Alles
wissen, was im Hause vorgeht. Ich klopfte
also an die kleine Scheibe und bekam die freund-
liche Antwort: „Herr Schultze ist jetzt immer
auf dem zweiten Hof zu sprechen."

„Eine sonderbare Manier, einen Hof zum
Sprechzimmer zu machen," dachte ich, ent-

schuldigte aber in Gedanken den Vielgesuchten
sofort damit, daß er vielleicht das Haus mit
sammt seinem eigenen Inventar über Nacht
verkauft haben könne und nun dabei sei, unter
freiem Himmel die rückständigen Miethen ein=
zukassiren. Dann hätte er sich immerhin einen
würdigen Abgang verschafft.

Der zweite Hof lag hinter dem sogenannten
Gartenhaus, einem vierstöckigen Quergebäude,
das die erste Bezeichnung um deswegen er=
dulden mußte, weil die hinteren Fenster nach
einem Holzplatz hinausführten, in dessen Mitte
ein halb verkümmerter Obstbaum stand, der
niemals Früchte trug. Für anspruchslose
Miether, die selten etwas Anderes als die
Steinmauern Berlins zu sehen bekamen und daran
gewöhnt waren, einige Oleanderbäume auf dem
Hofe als „Park" angepriesen zu hören, hatte
diese Aussicht etwas Verlockendes, und so
übersahen sie gern, daß dem sogenannten
Gartenhaus das Beste fehlte, nämlich der
Garten.

Ich fand Herrn Schultze, wie er dabei war,
die Mauer, die beide Grundstücke trennte, mit
dem schönsten Grasgrün anzustreichen, was er
mit einer Geschicklichkeit that, als hätte er vor

seinem Rentierthum die Beschäftigung eines „Oellöwen" mit Erfolg ausgeführt.

„Aber bester Herr Schultze, was machen Sie denn da?" fragte ich verblüfft, förmlich geblendet von der leuchtenden Farbe. Der Gedanke tauchte sofort in mir auf, daß es Leute geben könnte, die vom Grünkoller befallen seien, und ich glaubte mich dunkel zu erinnern, von solchen Fanatikern gehört zu haben, die auch ihre Häuserfront eines Tages damit nicht verschonten.

„Was soll ich machen? Ich bin dabei, mein Versprechen zu erfüllen!" gab er ernst zurück, indem er mich mit seinen wasserblauen Augen über die Brille prüfend anblickte, als wollte er meine Absichten errathen. Und meine fragende Miene bemerkend, fügte er sofort hinzu: „Ich habe die Souterrainwohnung hier vermiethet — mit der Aussicht ins Grüne. Also! Man muß immer sein Wort halten."

Ich mußte lachen, da ich sofort an das „Gartenhaus" dachte und an die Annehmlichkeiten, die dem neuen Miether geboten werden sollten. Vergnügt grinste er mit; dann sagte er wieder: „Die da oben haben's besser. Die sehen den schönen Nußbaum da drüben. Die hier unten aber haben nichts fürs Auge. Also muß man die Natur schaffen. Wenn nicht anders, mit 'nem großen Pinsel. Nun zieh' ich noch mit dem Lineal ein paar Spaliere 'rüber, dann ist die Laube fertig. Wie gesagt, man muß sein Wort halten."

Sein andauernder Ernst stimmte mich aufs Neue heiter. Und als ich ihn so betrachtete, wie er vor mir stand, in einen alten ausge= dienten, ihm zu weit gewordenen Sommer= überzieher gehüllt, ein verblichenes Hauskäppchen auf dem Schädel, einen unbeabsichtigten Farben= tupfer auf der Nasenspitze, in der langen, knochigen Rechten den Pinsel, während die Linke in die Seite gestemmt war, konnte ich seine Erscheinung mit dem prächtigen Vorder= hause und Allem, was drum und dran hing, nicht recht in Einklang bringen. Er sah aus wie ein Herr und Gebieter, der sein eigener Hausknecht war.

„Sie sind auch Künstler, wie ich sehe," sagte ich wohlwollend, während mir die Augen beim Anblick der giftiggrünen Fläche fast wehe thaten.

„Was man so fürs Haus gebraucht," er= widerte er sichtlich geschmeichelt, während er den großen Pinsel hin und her schwenkte. Ich war überzeugt, daß er diese „Wandmalerei" diesmal wirklich „fürs Haus" gebrauchte.

„Angenehme Beschäftigung, ein großes Freskobild zu malen," fuhr ich ermunternd fort. „Haben Sie keinen Gehülfen dabei?"

Sofort fiel er lebhaft ein, indem er an seiner Brille rückte und dabei mit den beschmierten Fingern der linken Wange einen Farbenkleks versetzte. „Glauben Sie nur nicht, daß das ein Muß von mir ist. Kein Mensch muß müssen. Es macht mir Spaß, die Arbeit selbst zu verrichten. Das bringt das Blut ganz gehörig in Bewegung. Und alte Liebe rostet nicht."

Nun stand bei mir fest, daß er schon früher den großen Pinsel tapfer geschwungen habe. „Wo wohnen Sie denn jetzt, Herr Schultze?" fragte ich, ärgerlich darüber, für mein schweres Geld ihm nachlaufen zu müssen. Er schien dieser Frage ausweichen zu wollen, denn etwas bissig knurrte er hervor, während sein hageres, bartloses Gesicht noch spitzer wurde: „Sie kommen gewiß wegen des Töpfers, he! Wird gemacht, wird auf alle Fälle gemacht! Nur Geduld, nur ein wenig Geduld! In meinem Hause wird Alles gemacht, nur Geduld müssen die lieben Miether haben. Sie glauben kaum, wie viel die Handwerker in dieser Gegend zu thun haben."

Mir fiel sofort ein, daß der Töpfer zu unserer Köchin gesagt hatte, er habe gerade augenblicklich die schönste Zeit, müsse aber erst auf die Ordre seines Meisters warten, da Herr Schulße zu „knickerig" sei. Ich schwieg aber und freute mich innerlich grimmig darüber, gleich auf zwei Jahre Kontrakt gemacht zu haben. So konnte ich noch öfter die erfreuliche Gelegenheit haben, von meinem liebenswürdigen Haustyrannen darauf aufmerksam gemacht zu werden, daß die Geduld seiner Miether vertragsmäßig festgestellt sei. Da ich ihn aber doch ein wenig herausfordern wollte, so kam ich auf meine Frage nach seiner Wohnung zurück.

„Sie können sich fest darauf verlassen, morgen kommt der Töpfer," erwiderte er, abermals ausweichend, und stippte den Pinsel wieder in den Farbentopf.

Ich hatte die deutliche Empfindung, daß er mich foppen wollte, und so wendete ich etwas kühl ein: „Und wenn er nicht kommen sollte, wo darf ich Sie benachrichtigen lassen?"

„Hier, hier — auf diesem Hof, Herr Doktor. Hier habe ich mein Zelt aufgeschlagen." Er strich bereits ruhig weiter.

Unwillkürlich blickte ich um mich, in der Erwartung, irgendwo das „Zelt" zu entdecken, das ich übersehen haben könnte. „Wenn es aber regnen sollte, mein Herr," fragte ich und blickte nach oben in der Erwartung, daß er diesen Hinweis auf jeglichen Mangel einer Decke in seinem „Sprechzimmer", verstehen würde.

„Thut nichts, Herr Doktor, ich bin hier," erwiderte er unverwüstlich, ohne sich in seiner Beschäftigung stören zu lassen. „Wir treten dann in den Flur. Hier bin ich auf alle Fälle."

Mit meiner Geduld war es nun zu Ende. „Herr," sagte ich streng und abweisend, „ich bin nicht gewöhnt, auf zweiten Höfen zu anti= chambriren, falls ich von meinem Hauswirth empfangen zu werden wünsche. Ich bitte um Auskunft, in welcher Etage vorn Sie jetzt zu finden sind? Ich glaube, in ein anständiges Haus gezogen zu sein!"

Unter dem Eindrucke dieser Worte schien er zusammenzuklappen. Er stellte das Pinseln

wieder ein, sandte mir einen verschüchterten
Blick zu und stammelte mit einem Lächeln
großer Verlegenheit: „Entschuldigen Sie, werther
Herr Doktor. Es soll nicht wieder vorkommen.
Aber wenn man so oft ziehen muß, wie ich,
dann nimmt man an, selbst der neueste Miether
wisse schon, worum es sich bei mir dreht. Ich
befinde mich wieder auf der Rundreise . . . ."

Wir mußten unser Gespräch abbrechen, denn
er bekam Besuch von anderer Seite. Erst am
folgenden Tage bekam ich die nöthige Auf=
klärung über seine neueste „Rundreise".

Er hatte die größere Hälfte der Bel=Etage,
die längere Zeit leer gestanden hatte, nur zur
„Aushülfe" benutzt, weil er seine eigene Woh=
nung im obersten Stockwerk des Gartenhauses
eher an den Mann bringen konnte. Nun, da
er die große Wohnung wieder vortheilhaft ver=
miethet hatte, war ihm nichts Anderes übrig
geblieben, als sich ein Obdach in einer der
Souterrainwohnungen des Hinterhauses zu suchen,
deren Bewohner gezogen waren, und für die
sich bisher kein neuer Miether gefunden hatte.

Im Laufe der Jahre kam ich dann immer
mehr dahinter, was für solide Kniffe mein
Hauswirth anwenden mußte, um den Ausfall

an Miethen durch Opfer auf Kosten seiner Ruhe auszugleichen. Er befand sich auf der steten Wanderschaft in seinem Hause, wohnte bald hinten, bald vorn, hatte Gelegenheit, alle Tapetenfarben sämmtlicher Salons, Speise=, Wohn= und Schlafzimmer auf sein Gemüth wirken zu lassen und war sozusagen sein eigener geduldigster Miether, der geschworen hatte, mit Allem zufrieden zu sein und sich in das Unvermeidliche zu fügen.

Kein Hauswirth Berlins konnte sich besser von dem Größenverhältniß aller Zimmer, Küchen und Korridore in seinen Gebäuden überzeugt haben, als er. Er war der gesuchteste Kunde der Möbeltransporteure. Kaum war er im Gartenhause warm geworden, so sah er sich genöthigt, wieder das Vorderhaus mit seiner längeren Anwesenheit zu beehren, um „die Räume auszunützen", und kaum hatte er hier Zeit gehabt, die Wände für die Schränke und Bettstellen auszumessen, so rückte er auch schon in das Seitengebäude hinüber, weil dort gerade eine Wohnung verlassen stand, während er hier „zahlenden Leuten" Platz machen mußte.

Sein ewiges Pech kam daher, weil er

niemals mit den Miethen heruntergehen wollte.
Er befürchtete, immer nachgiebiger werden zu
müssen, wenn er einmal damit angefangen
habe. Hierzu kam, daß die Bauthätigkeit in
diesem äußersten Westen in den letzten Jahren
außerordentlich stark gewesen war, das Publikum
daher ganz nach Belieben seine Auswahl treffen
konnte.

Da er kinderlos war und nur eine kleine
Haushaltung hatte, so war sein Umzug mit
nicht zu großen Schwierigkeiten verknüpft.
Gewöhnlich wurde dieses etwas geheimnißvoll
vorgenommen, entweder am frühen Morgen
oder in den Abendstunden, damit man nicht
allzu sehr im Hause darauf aufmerksam würde.
Um so größer war dann die Ueberraschung,
wenn man das würdige Haus mit dem grünen
Käppchen plötzlich an einem Fenster erblickte,
an dem bisher andere Gesichter zu sehen gewesen
waren. „Schultzes sind schon wieder 'mal gezogen," hieß es dann im Hause.

Die Briefträger waren seine geschworenen
Feinde, denn nach Beginn eines jeden Quartals
mußten sie unnütz Treppen steigen, um seiner
habhaft zu werden, und es soll vorgekommen
sein, daß Sendungen als unbestellbar an das

Postamt zurückwandern mußten. Ein besonders
intelligenter jedoch ging niemals an der Portier=
thür vorüber, ohne vorher die wichtige Frage
hineingerufen zu haben: „Wo wohnt er denn
jetzt?“, wonach der Schuster auf seinem Schemel
regelmäßig verstohlen kicherte.

Eines Tages klingelte es bei mir, und mein
Hauswirth, von dem seit einiger Zeit die Mähr
ging, er habe sich seinen Kohlenkeller tapezieren
lassen, trat vergnügt lächelnd in mein Arbeits=
zimmer und stellte sich mir als mein nächster
Nachbar vor.

„Es wohnt sich ganz nett da drüben,
wirklich nett,“ begann er schmunzelnd. „Ich
hätte garnicht geglaubt, daß die Wohnung da
drüben so geräumig und freundlich ist. Die
Seite kannte ich noch garnicht. Ich komme
immer mehr zu der Ueberzeugung, daß ich viel
zu billig vermiethe. Viel zu billig!“

Jetzt erst entsann ich mich, davon gehört
zu haben, daß mein früherer Nachbar, ein
Hauptmann, mitten im Quartal umgezogen
sei, weil er versetzt worden war.

Ich that Herrn Schultze den Gefallen und
folgte ihm in sein neuestes Zigeunerheim, weil
er mir rieth, in Erwägung zu ziehen, ob diese

Wohnung, die ein Zimmer mehr habe, nicht
vortheilhafter für mich wäre. Wie gewöhnlich,
war er wieder über die Hintertreppe gezogen,
so daß seine neueste Wohnungshäutung nicht
gleich ruchbar werden konnte. Seine Möbel
reichten gerade für zwei Zimmer. Die
übrigen, nach vorn gelegenen, waren völlig leer.
Nur die Gardinen waren angebracht.

„Gardinen müssen immer dran sein, das
macht einen besseren Eindruck," sagte er mit
einer großen Handbewegung. „Uebrigens
brauchen die Nachbarwirthe nicht zu wissen,
daß bei mir wieder etwas leer steht. Die
freuen sich doch nur darüber." Dann, als er
meine prüfenden Blicke bemerkt hatte, fuhr er,
wie zur Entschuldigung, fort: „Wundern Sie
sich nicht über die Leere. Wir wollen erst nicht
auspacken. Man kann nicht wissen ....."
Ich verstand ihn. „Uebrigens wohne ich diesmal wirklich umsonst," fügte er selbstgefällig
hinzu. „Die Miethe ist bis zum nächsten
Quartal bezahlt." Vergnügt rieb er sich die
Hände. Nach ungefähr sechs Wochen sah ich
nach dem Hofe hinaus, als ich Herrn Schultze
erblickte, wie er den Kopf zum Bodenfenster
hinausgesteckt hatte und dabei seine Pfeife

rauchte. „Was treiben Sie denn da oben?"
fragte ich verwundert.

„Ich wohne jetzt hier, auf'm Trockenboden,"
rief er mir aufgeräumt zu. „Alles vermiethet!
Endlich einmal! Es haust sich oben ganz
schön. Im Sommer geht's. Besuchen Sie
mich einmal. Aber ich bleibe nur vierzehn
Tage. Dann wird meine neue Wohnung fertig
sein. Ich lasse die Durchfahrt nach dem
zweiten Hofe vermauern, das giebt zwei hübsche
Zimmer .... Kaufen Sie sich nie ein Haus,
niemals! Sie haben nur Sorgen."

„Sie sind der richtige Rundreise=Wirth,"
gab ich zurück. Er nickte und erwiderte lachend:
„Ich bin nicht der einzige im großen Berlin."

Ja, wenn die Hypothekenzinsen nicht wären!

Kleine Genossen.

Das Gefühl gegenseitigen Mitleids hatte sie zuerst zusammengeführt.

Als sie um die Straßenecke gebogen war, sah sie, wie die Backwaare aus einem der Beutel, die er auszutragen hatte, herausfiel und nach allen Seiten flog. Und als er sich bückte, um .die Milchbrödchen und Semmeln wieder zusammenzusuchen, entglitten auch die anderen gefüllten Beutel seinen erstarrten Händen.

„Warte, ich werde Dir helfen!" sagte sie sofort hilfsbereit und bückte sich ebenfalls. Dabei fühlte sie das Bedürfniß, weiter zu sprechen: „Wer ißt denn blos soviel Semmeln? Davon könnten wir acht Tage lang leben."

„Das bekommen alles sehr feine Leute," gab er, ohne aufzublicken, zurück. „Acht Kinder

giebt's da zu füttern, wie der Meister Backofen sagt."

„Acht Kinder?" rief sie erstaunt aus. „Das
sind ja noch zwei mehr wie bei uns! Mutter
sagt immer, daß sie die Mäuler nicht satt
kriegen könne."

„Wir essen jeden Morgen Mehlsuppe,"
fiel er ein. Dann fuhr er in seiner Betrachtung
fort: „Die Herrschaft ißt nur die Milchbrödchen,
die Schrippen und Salzkuchen kriegen die Dienst-
boten. Natürlich essen sie soviel sie wollen.
Ich denk' es mir wenigstens. Es ist immer
ein ganzes Dutzend im Beutel."

„Die haben es gut," brachte sie mit einem
leichten Seufzer hervor. „Bei uns giebt's
Schellen für den Mund, wenn wir danach
schreien. Die schmecken nicht, aber thun
weh'."

Als sie sich abermals zur Erde niederbeugen
wollte, rutschten ihr die lose zusammengelegten
Zeitungen, die sie unter dem Arme trug, herunter und flatterten wild durcheinander nach
rechts und links.

„Jetzt kann ich Dir helfen," sagte er lachend
und bemühte sich nun, ihr zu dienen.

„Nur gut, daß sie nicht schmutzig sind,"

fiel sie ein, „sonst gäbe es gehörig Keile von Muttern. Sie fackelt nicht lange."

Sie waren fertig mit der überflüssigen Arbeit und standen nun gegen das Gitter gelehnt, das den Vorgarten einer prächtigen Villa ab=schloß. Es war, als wollten sie sich von der Anstrengung des Bückens ein Wenig erholen, ohne zu wissen, worüber sie sich unterhalten sollten.

Beide fröstelten, denn es war der Morgen eines trockenen Dezembertages, welcher statt des Schnees eisigen Wind gebracht hatte, der schneidend um ihre Gesichter pfiff. Schwacher Reif lag auf Straße und Dächern, und am Himmel, der die reine Farbe einer ersterbenden Winternacht zeigte, blinkten nur noch schwach die letzten Sterne. Eine Droschke rumpelte durch die noch öde Straße, und in einiger Entfernung brauste der erste Stadtbahnzug dumpf rollend in die Halle der Station Thiergarten hinein.

„Wie heißt Du?" fragte der Junge, der lang in die Höhe geschossen war und sie fast um Haupteslänge überragte. Er hatte die Beutel zur Erde gestellt, pustete in die ge=rötheten Hände und schlug mit den Armen zu=sammen, um sich warm zu machen. Die Pelz=

mütze, die ihm viel zu groß war und von einem
Erwachsenen zu stammen schien, war weit in
die Stirn und über die Ohren gezogen, so daß
das kleine, hagere Gesicht einen dürftigen Ein=
druck machte. Da er aus Hose und Jacke
herausgewachsen war, so erschienen Füße und
Hände größer, als sie waren und erhöhten sein
ärmliches Aussehen noch.

„Martha Kopp", gab sie zur Antwort.
„Und Du?"

„Heinrich Purr," erwiderte er.

Sie lachte, und als er fragte, worüber, ent=
gegnete sie, daß sie den Namen „komisch" finde.
Bald hatten sie sich dann gehörig ausgefragt.
Er zählte elf Jahre und sie erst neun; ihr
Vater war Maurer, er hatte nur noch eine
Mutter, die Aufwartestellen hatte und sich
nebenbei durch Waschen ernährte.

Martha betrachtete ihn jetzt aufmerksamer
als zuvor. Nun begriff sie, weshalb er keinen
Ueberzieher trug, trotzdem es in der Nacht
stark gefroren hatte. Sie besaß wenigstens ein
Mäntelchen, das zwar schon recht alt war,
denn die ältere Schwester hatte es abgelegt, in
dessen weiten Aermeln sie jedoch die Händchen
mollig vergraben konnte. Ihr Vater hatte

zwar im Winter keine Arbeit, und dann hielt Knapphans bei ihnen Haus, aber sie besaß doch wenigstens die Eltern, während ihr Genosse nur noch die Mutter hatte.

Stets hatte sie eine heilige Scheu vor den Kindern empfunden, die des Vaters entbehrten, weil ihr eigener zu Hause, wenn er ärgerlich war, stets damit drohte, sie müßten alle verhungern, wenn sie ihn nicht mehr haben würden.

„In „welche" gehst Du?" fragte er wieder, während er, die Hände in den Hosentaschen, sich tüchtig die Beine vertrat, um die Füße warm zu machen.

„In die zweiundzwanzigste," erwiderte sie verständnißvoll, weil sie sofort begriffen hatte, daß er die betreffende Gemeindeschule erfahren wollte.

Seine Augen leuchteten plötzlich.

„Ah, in die ging ich auch einmal!" rief er aus, während er fast mit den Zähnen klapperte. „Kennst Du Lehrer Stölm?" Sie bejahte, und er fuhr fort: „Der war immer gut zu uns Jungens. Mir hat er stets von seinen Stullen gegeben. Manchmal nahm er mich mit nach Hause und gab mir vom

Mittag etwas ab, weil Mutter den Schlüssel mit hatte."

„Du haft wohl oft kein Mittag?" fragte fie und blickte ihn erstaunt an.

Er schwieg, während er noch immer hin und her trippelte, und erwiderte dann lustig: „Das macht nichts, Abends schmeckt's dann um so beffer, wenn Mutter die Küchenabfälle mitbringt."

Sie glaubte aber nicht daran, denn fie ver= mißte die rothen Wangen an ihm und entsann sich sofort der Redensart ihrer Mutter, daß Kinder, die satt zu essen bekämen, stets gesunde Backen haben müßten.

Ein Nachtschwärmer nahte. Es war ein sehr feiner Herr, der Pelz, Cylinderhut und Lackstiefel trug und von einer Festlichkeit zu kommen schien. Wahrscheinlich war er soeben mit der Stadtbahn angelangt. Gleichgültig ging er an ihnen vorüber. Dabei schleuderte sein Fuß Etwas bei Seite, das bis auf den Fahrdamm rollte.

„Da liegt ja noch eine!" rief Martha aus und stürzte auf die Semmel zu, die man vor= her nicht bemerkt hatte, die nun der Herr aber bei Seite geschoben hatte. Sie säuberte das

Bröbchen von der Feuchtigkeit des Nacht-
reifes und reichte es dem schnellgefundenen
Genossen hin.

„Die schenke ich Dir," wehrte er ab. Und
als sie zögerte, fügte er schnell hinzu: „Du
brauchst nicht zu denken, daß ich sie stibitzen
will. Sie ist überzählig, ich weiß es ganz
genau. Der Meister hat sie mir zu viel in den
Beutel gezählt."

Trotzdem sträubte sie sich noch, obwohl das
Gebäck sie anlachte. „Hast Du denn keinen
Hunger?" fragte sie. „Wenn Du nur Mehlsuppe ißt, so wird sie Dir gewiß besser schmecken
als mir."

„Du hast mir doch aber vorhin gesagt, daß
Ihr sechs zu Hause seid, außer den Eltern —
also iß nur!" gab er zurück.

Da sie wirklich Hunger hatte, so wollte sie
schon hineinbeißen, als sie die Semmel plötzlich
durchbrach und ihm die eine Hälfte mit der
Bemerkung gab, daß sie nur essen wolle, wenn
man redlich theile. Er fand das sehr drollig,
verschlang dann aber die paar Bissen, weil
sein Magen um diese Zeit schon unergründlich
zu sein pflegte.

Dann trotteten Beide weiter, weil es höchste

Zeit war, ihre Gänge zu erledigen. Denn bereits strömten die Arbeiter dem nahen Bahnhof zu, um rechtzeitig an ihre Stätte zu kommen.

Bald waren sie gute Freunde geworden. Regelmäßig trafen sie sich in aller Frühe an derselben Ecke, wo sie sich kennen gelernt hatten, weil sie von hier ab einen gemeinsamen Weg nehmen mußten. Der Zufall wollte es, daß sie fast in denselben Häusern zu thun hatten, und da es vorkam, daß er in dem einen Hause weniger „Kunden", sie aber mehr hatte, und umgekehrt, so nahmen sie sich gegenseitig die Arbeit ab, indem er die Zeitungen vor die Thüren legte, und sie die Beutel an die Klingeln hing, sobald es sich so machte.

Es war eine richtige Arbeitseintheilung, wobei Beiden das Ersteigen mancher Treppe erspart blieb. So wurden sie früher fertig und fanden noch Zeit genug, in aller Gemüthsruhe nach Hause zu gehen, um die Schulmappe zu holen.

An einem Montag trug er eine lange Stange auf der Schulter, an der vorn und hinten so viel Beutel hingen, daß er sie kaum zu tragen vermochte.

„Nanu?" sagte Martha erstaunt. Die essen jetzt wohl alle doppelt zum Kaffee?"

Ganz vergnügt klärte er sie auf. Ein Bäckerlehrling war krank geworden und ein Austragejunge nicht mehr wiedergekommen. So hatte er sich angeboten, dem Meister aus der Verlegenheit zu helfen und drei= mal so viel Gänge auf seine Kappe zu nehmen. Erst wollte ihm der Meister einen Handwagen mitgeben, er war aber auf die Idee gekommen, den Transport auf seine eigene Art zu besorgen. Es erschien ihm leichter und nicht so umständlich. Dann gestand er ihr, daß er nicht so viel Arbeit auf sich ge= nommen hätte, wenn er nicht wüßte, daß sie ihm einen Theil davon abnehmen würde.

An diesem Tage hatte sie es ebenfalls ganz besonders eilig, denn sie mußte früher fertig werden als sonst, um noch einmal zu ihrer Mutter zurückzukehren, die ihr Zeitungen für eine andere Straße übergeben wollte. Der ältere Bruder, der sonst mit auszutragen pflegte, hatte keine Stiefel. Barfuß konnte er um diese Zeit nicht gehen, und das Klappern der Holz= pantoffeln hätte die Ruhe in den Häusern gestört.

Nun hieß es, sich doppelt schnell zu
tummeln, um dem Genossen die Freude nicht
zu verderben.

Es ging treppauf, treppab, wie im Sturm=
schritt, als handelte es sich um eine Wette.
Martha ging fast der Athem aus, aber immer
aufs Neue nahm sie zwei Stufen auf einmal,
um dem Freunde zu beweisen, wie gut sie ihn
leiden könne. Wer konnte wissen, ob er die
paar Groschen im Monat nicht verlor, wenn
er „Meister Backofen" heute nicht zufriedenstellte.
Die kleine Laterne in der Hand, bemühte sie
sich, auf den Hintertreppen die Thürschilder
mit den Namen auf den Beuteln zu ver=
gleichen.

Schon auf der untersten Treppe, in einem
ihr wildfremden Hause, trat sie fehl nnd knickte
zusammen, wobei sie einen stechenden Schmerz
im linken Fuß verspürte. Zum Glück blieb
die Laterne ganz, und das war ihr im Augen=
blick lieber als alles Andere. Als sie wieder
über den Hof ging, merkte sie sofort, daß sie
schlecht auftreten konnte, aber es war ihr ein
Trost, daß sie den letzten Beutel losgeworden
war.

Heinrich hatte es leichter gehabt als sie,

denn er wußte, wo er die Zeitungen hinzulegen hatte. So erwartete er sie denn bereits auf dem Prellstein am Thorweg, wo sie zusammen= zutreffen verabredet hatten.

„Heute habe ich Milchbrödchen für uns — ganz warme," sagte er lustig und steckte ihr eins in das geröthete Händchen. „Setz' Dich da drüben auf den andern Stein und iß es ruhig, wir haben noch Zeit."

Dann, nachdem sie eine Weile gegessen hatten, sagte er wieder: „Weißt Du was? Wir sollten eigentlich später Mann und Frau werden. Die Frauen müssen doch immer mitverdienen bei uns, und wir Beide haben uns schon daran gewöhnt, uns gegenseitig zu helfen."

Trotzdem sie Schmerzen am Fuß empfand, lachte sie laut auf. Dann sagte sie keck: „Du bist noch ein dummer Junge, und ich bin noch ein dummes Mädchen."

„Oho," fiel er großartig ein. Wir Beide sind viel mehr, als Du glaubst. Wir tragen den Leuten die Bildung und das Brod ins Haus. Wenn sie Morgens keine Zeitung be= kommen, wissen sie nicht, was in der Welt vorgeht, und wenn sie keine Brödchen haben,

dann ist ihre ganze Laune weg. Ich möchte
'mal hören, wie sie schimpfen würden, wenn
sie Beides nicht zur richtigen Zeit bekämen.
Also sind wir Etwas."

Aufgewedten Sinnes, wie sie als echtes
Vorstadtkind war, leuchtete ihr das ein. Und
so erwiderte sie altklug: „Das ist wahr, daran
habe ich noch garnicht gedacht. Du weißt viel
mehr als ich. Vater sagt immer, die Jungens
sind viel klüger als die Mädchen."

„Na, siehst Du, deshalb mußt Du mir jetzt
auch einen Kuß geben."

„Aber ich bin doch nicht Deine Schwester,"
sagte sie lachend, hielt ihm dann aber ohne
Zaudern das Mündchen hin.

„Wenn Du erst meine Frau bist, mußt Du
mir viele Küsse schenken," sagte er gut auf=
gelegt, fügte dann aber ernst hinzu: „Das
heißt, wenn wir bis dahin nicht gestorben
sind . . . Du hinkst ja!" fuhr er dann plötz=
lich auf, als sie sich wieder auf den Weg ge=
macht hatten.

Schon nach einer Minute konnte sie nicht
weiter, denn sie verspürte große Schmerzen.
Und als sie ihm erzählt hatte, wie es ge=
kommen war, war er ganz betrübt. Sie fing

an zu weinen, hauptſächlich aus Angſt vor
der Mutter, die nun über ihr langes Aus-
bleiben ſchelten würde. In ſeiner Herzens-
angſt wollte er ſie tragen, aber er hatte nicht
die Kräfte dazu. So ſtützte er ſie denn,
indem er ſie umfaßte und ſie ſanft mit ſich
fortzog.

Mit Mühe und Noth erreichten ſie die
Mutter, die ſofort in ein großes Lamento
ausbrach. „Seien Sie nur nicht böſe auf ſie!
Sie iſt gefallen, weil ihr der Wind die Laterne
ausgepuſtet hat,“ log er treuherzig. „Wenn's
Ihnen recht iſt, trage ich ſchnell die Blätter
aus, ich habe Zeit. Sie brauchen nur unten
am Hauſe zu warten und mir die Treppen
und Namen zu ſagen. Dann geht's auch flink
genug.“

„Der Eine hat keine Stiefel, und ſie muß
noch ſolche Dummheiten machen!“ war Alles,
was die Frau hervorbrachte. Dann fügte ſie
ſich mit dem Stumpfſinn ihres Daſeins in das
Unvermeidliche. Die Hauptſache blieb, daß die
„Leute“ ihre Zeitungen pünktlich bekamen.

Acht Tage lang konnte Martha nicht aus
der Kellerwohnung gehen, denn ſie hatte ſich
den Fuß ſehr böſe verſtaucht, ſo daß er dick

angeschwollen war und sie den Stiefel nicht
überziehen konnte. Und jeden Abend tauchte
Heinrich auf, blieb zaghaft an der Thür stehen
und erkundigte sich nach dem Befinden der
kleinen Freundin. Früh Morgens stand er
dann traurig an der bekannten Ecke und
wartete, ob sie wohl kommen würde. Ihret=
wegen hatte er sich vom Meister Backofen
regelmäßig ein warmes Milchbrod erbettelt,
womit er sie beglücken wollte.

Endlich kam sie! Es war wieder ein
kalter Morgen. Dichter, hartgefrorener Schnee
lag, der unter den Füßen knirschte. Kein Stern
leuchtete, weil der Himmel einer einzigen grauen
Dunstmasse glich. Hohl und dumpf brauste der
Stadtbahnzug über die eiserne Brücke.

„Da bist Du ja!" rief er ihr fröhlich ent=
gegen, trotzdem er noch immer in der kurzen
Jacke steckte, und die Kälte ihn an allen
Gliedern erzittern machte.

„Das hier schickt Dir Mutter," sagte sie
ohne Weiteres und reichte ihm ein Kleidungs=
stück hin, das wie ein Mittelding zwischen
Ueberzieher und Rock aussah. „Ich habe so
viel gebeten, bis sie nachgab. Du solltest sehen,
daß ich immer an Dich gedacht habe."

Sprachlos nahm er den alten Rock, betrachtete ihn eine Weile von allen Seiten, zog ihn über und empfand sofort eine behagliche Wärme.

„Du bist ein gutes Mädel, das weiß ich schon lange," sagte er verwirrt mit stockender Stimme und reichte ihr die Hand. Die Thränen waren ihm nahe. „Immer werde ich auf Deiner Seite sein — immer!"

Dann gingen sie Beide eine Weile stumm neben einander, wie zwei kleine, unzertrennliche Genossen, denen frühzeitige, unverdiente Armuth das Bewußtsein ihrer Stärke gegeben hat.

Ein Bettler.

⸺

.

Eines Vormittags, als die Kanzleiräthin Teffel allein zu Hause war, klingelte es äußerst zaghaft an der Korridorthür, so daß sie sofort daraus ihre Schlüsse zog. Ihr Mann war Armenvorsteher, und so nahm sie an, es sei irgend ein Petent, der zur unrechten Zeit käme. Als sie öffnete, stand ein junger, anständig gekleideter Mann vor ihr, der auf den erften Blick durchaus nicht den Eindruck eines Almosen= bedürftigen machte. Das Ehrenamt ihres Mannes jedoch hatte die Kanzleiräthin mit der Zeit zur Menschenkennerin gemacht. Aus der Art und Weise, wie der junge Mann demüthig vor ihr stand, verlegen den Hut in der Hand drehte, den er nicht mehr aufzusetzen wagte, wie er sie scheu anblickte und zuerst kaum die Worte fand, entnahm sie sofort das Richtige

Etwas ärgerlich darüber, bei ihrer Morgen=
toilette gestört worden zu sein, deutete sie auf
das Schild neben der Thürklingel, auf dem die
Sprechstunden in Armenangelegenheiten ver=
zeichnet waren, und machte dazu kurz die Be=
merkung, daß er sich am Nachmittag wieder
herbemühen müsse.

Aber sofort klang es bittend zurück: „Wenn
es nur die kleinste Gabe wäre . . . Ich habe
seit gestern Mittag nichts genossen."

Also ein richtiger Bettler! Obendrein einer,
der so keck war, die Vordertreppe zu benutzen
und den Hinweis unten im Flure, daß das
Betteln oder der unnütze Aufenthalt im Hause
streng verboten sei, der Beachtung nicht für
werth gehalten hatte.

Ihr Aerger steigerte sich noch, denn trotzdem
sie eigentlich von Natur eine herzensgute Frau
war, hatten trübe Erfahrungen sie mißtrauisch
gemacht. Im vergangenen Winter hatte man
ihr vom Korridor einen Pelzmantel gestohlen,
als man die Mildthätigkeit an einem ähnlichen
Fechtbruder bethätigen wollte. Seit der Zeit
war sie vorsichtig genug, jeden „Verdächtigen"
durch die Thür abzufertigen.

„Es giebt nichts," sagte sie wiederum, etwas

hart, denn es fiel ihr plötzlich ein, daß sie noth=
wendig am Küchenheerd zu thun habe, da das
Mädchen einen Gang zu besorgen hatte.

Aber als sie eben die Thür zuschlagen wollte,
knarrte leise die Treppe, und ein bärtiger Mann
wurde sichtbar, der sehr eilig die letzten Stufen
nahm, den Hut ein wenig lüftete und sofort
fragte:

„Hat er bei Ihnen gebettelt, Frau Tessel?"
Der junge Mensch zuckte zusammen und sah
sie so flehentlich an, als hinge von ihrer Ant=
wort sein ganzes Schicksal ab.

Frau Tessel erfaßte sofort den Vorgang.
Wenn sie Ja sagte, so würde der Mensch
von dem bärtigen Manne, den sie als einen
Geheimpolizisten der Revier=Polizei kannte, mit
nach der Wache genommen werden, um dann
dem Strafrichter vorgeführt zu werden. Sie
überlegte nicht lange. Ohne die Frage zu be=
achten, sagte sie gleichgültig im Geschäftstone:
„Ich sehe doch, daß ich kein Kleingeld habe,
um die Rechnung zu bezahlen. Kommen Sie
einen Augenblick herein, ich werde wechseln
lassen."

Und ohne von dem Kriminalpolizisten, der
einige Worte der Entschuldigung hervorbrachte,

weiter Notiz zu nehmen, ließ sie den Bettler
eintreten und schloß die Thür.

Der Korridor war eng und dunkel, und da
sie das Bedürfniß nach Licht empfand, öffnete
sie die nächste Thüre, die zur guten Stube
führte, und nöthigte den „Besuch" dort hinein.

„Sie dürfen nicht gleich gehen, sonst werden
Sie vielleicht doch noch gefaßt," sagte sie.
„Kommen Sie mit nach der Küche, dort können
Sie etwas essen. Sie können ja dann die Hinter-
treppe benutzen. Ich weiß, daß es Polizeivor-
schrift ist, auf alle Bettler zu fahnden.. Haben
Sie denn ein festes Obdach?"

Schon halb auf dem Wege, ihm voranzu-
gehen, blieb sie wieder stehen und blickte ihn
fragend an.

Wie beschämt sah er zu Boden. Dann
schüttelte er mit dem Kopfe und erwiderte klein-
laut: „Ich bin vor drei Tagen aus dem Ge-
fängnisse entlassen worden. Für die ersparten
Arbeitspfennige habe ich mir etwas Sachen
gekauft. Gestern früh schon stand ich ganz
blank da. Die letzte Nacht habe ich im Freien
geschlafen."

Das Wort „Gefängniß" hatte sie zusammen-
schrecken lassen, so daß sie unwillkürlich mit

einer Seitenschwenkung einige Schritte von ihm
zurückwich. Trotzdem sie eine Frau von
robustem Körperbau war, die es mit diesem
schwachen, zarten Menschen schon hätte auf=
nehmen können, empfand sie plötzlich Furcht.
Rasch warf sie einen Blick durch die offene Thür,
die nach dem Schlafzimmer führte. Ganz hinten
lag die Küche, in die man einen Einblick hatte.
Gott sei Dank, daß Olga, die kräftige Ost=
preußin, gerade mit ihrem Korbe hereintrat.

Frau Tessel atmete auf. Sie bekam ihre
Ruhe wieder und fühlte das Bedürfniß, den
bösen Alp durch Sprechen zu verdrängen.
Während sie ihn fragte, wie lange er „gesessen"
habe und die Antwort erhielt, daß es ein Jahr
gewesen sei, nahm sie unwillkürlich ihre goldene
Uhr, die auf dem Sophatische lag, an sich und
verschloß sie in einer Schublade des Wäsche=
schrankes.

Ihr Blick glitt dann im Zimmer umher,
als müßte sie noch nach anderen Werthgegen=
ständen suchen, die vor der Nähe eines Spitz=
buben zu bewahren wären.

Er begriff ihr Vorgehen sofort und sagte
leise im Ton des Vorwurfs: „Gnädige Frau
haben nichts zu befürchten, ich habe niemals

in meinem Leben gestohlen. Ich habe auch nicht wegen Diebstahls gesessen, noch aus irgend einem anderen ehrlosen Grunde. Niemals würde ich mich an fremdem Eigenthum bereichern, lieber würde ich Hungers sterben. Wahrhaftig, ich kann's Ihnen schwören, es war heut das erste Mal, daß ich gebettelt habe. Aber ich hielt es vor Hunger nicht mehr aus."

Sie war flüchtig roth geworden und gerieth etwas in Verwirrung, während sie sagte: „O, so war das ja nicht gemeint. Ich dachte im Augenblicke gar nicht an Sie, sondern —."

Aus seinen Worten hatte so viel innerliche Entrüstung geklungen, daß sie ihm glaubte. Um ihre Ausrede wieder gut zu machen und ihm den Beweis zu geben, daß sie ihm traue, wollte sie ihn gleich hier vorn seinen Hunger stillen lassen. Laut rief sie Olga heran, die sie dann im Flüstertone rasch verständigte.

Das Mädchen machte große Augen, tischte dann aber schleunigst einige kalte Speisen auf, dazu ein Glas Bier.

„Lassen Sie sich es gut schmecken," sagte die Kanzleiräthin und lud ihn mit einer Handbewegung ein, Platz zu nehmen.

Er war von diesem „Tischlein deck dich"
so betroffen, daß er kaum ein Wort des Dankes
hervorzustammeln vermochte. Sie sah nur noch,
wie er einige ungelenke Verbeugungen machte,
den starren Blick auf die Speisen gerichtet, sich
dem Tische näherte, bescheiden auf dem Stuhle
Platz nahm und den Hut neben sich auf den
Teppich legte.

Dann ging sie hinaus, trat an das Fenster
des Schlafzimmers und blickte sinnend zu dem
Stückchen blauen Himmel hinauf, das sich oben
an den Dächern der Hinterhäuser abzeichnete.
Es waren trübe Gedanken, die sie spann und
die sich um ihren Sohn drehten, um den Einzigen, der ihr und ihrem Manne viel schlaflose
Nächte bereitet hatte, an dem aber Beider Herz
mit inniger Liebe hing.

Er saß dort, woher der junge Mensch im
Nebenzimmer gekommen war, dessen Geständniß
die tiefe Wunde ihrer Seele vorhin aufs Neue
aufgerissen hatte.

Man hatte ihn Kaufmann werden lassen,
weil man hoffte, er würde sich dadurch bei
seinem gefälligen Wesen schneller eine Lebens-
stellung schaffen, als wenn man ihn auf die
langweilige Laufbahn eines Subalternbeamten

drängte. Thatsächlich kam er denn auch in einem Bankgeschäfte, in das er eingetreten war, schnell vorwärts, was wohl nicht zuletzt seiner hübschen Erscheinung und seiner wirklichen Intelligenz zu verdanken war. So genoß er bald großes Vertrauen bei seinem Chef, das ihm aber eben seiner Jugend wegen zum Verhängniß wurde.

Er lernte ein leichtsinniges Mädchen kennen, das ihn ganz in ihre Netze zog, trotzdem sie bereits einen Bräutigam besaß, einen Mechaniker, der durchaus die besten Absichten mit ihr hatte, und der ihr wohl gut zum Heirathen erschien, nicht aber zum Amüsiren.

Was vorher so manch' Anderer gethan hatte, das that des Kanzleiraths Sohn. Er mißbrauchte seine Vertrauensstellung und ließ sich zu Unterschlagungen hinreißen, um sich mit seiner Geliebten immer tiefer in den Strudel des Berliner Lebens stürzen zu können. Betrug folgte auf Betrug, bis endlich die Entdeckung eintrat . . .

Frau Tessel schauerte leicht zusammen. Noch stand ihr jener schreckliche Tag mit allen Einzelheiten vor Augen, wo sie ihn, den sie mit Schmerzen zur Welt gebracht hatte, als gemeinen Ver-

brecher hinter den Schranken erblickte. Fürchter=
liche Tage hatte sie damals durchlebt, und der
Kanzleirath, der in Ehren grau geworden war,
hatte mehr als einmal daran gedacht, seinem
Dasein mit Gewalt ein Ende zu machen.
Allmählich jedoch hatten sie sich befleißigt,
das Unvermeidliche in Ergebenheit zu tragen,
wurden sie nur noch von der einen großen
Hoffnung erfüllt, den Verirrten nicht zu den
Verlorenen rechnen zu dürfen, sondern ihn nach
seiner Heimkehr als einen reuigen Menschen
wiederzusehen, dessen höchste Aufgabe es sei,
den Leichtsinn seiner Jugend durch ein neues
Leben vergessen zu machen.

Langsam waren ihre Augen feucht ge=
worden, und sie verwünschte fast diesen Menschen
da vorn, der ihr plötzlich durch sein Geständniß
solche Seelenqualen bereitete, wie sie sie seit
Monaten nicht empfunden hatte, denn allmählich
hatte die Zeit ihre wohlthuende Wirkung
gethan.

Sie hörte das laute Klappern von Messer
und Gabel und schloß daraus auf die Begierde,
mit der der Hungrige über die Speisen her=
gefallen sein mußte. Und nun erschien es ihr
mit einem Male wie eine tiefe innere Be=

friedigung, einem Menschen Gutes erwiesen zu
haben, der gebrandmarkt gleich ihrem Einzigen
war. Wer konnte wissen, ob man ihren Sohn so
speisen würde, wenn er vom äußersten Elend
getrieben an fremde Thüren klopfen müßte!

Als sie wieder nach vorn ging, erblickte
sie etwas Seltsames. Sie sah, wie der Ge=
sättigte, wohl in der Annahme ganz ungestört
zu sein, aufmerksam eine Photographie be=
trachtete, die er von der Marmorplatte des
Spiegels genommen hatte.

Kaum hatte er das Rauschen des Kleides
gehört, als er vor Schreck zusammenfuhr, hastig
das Bild wieder zurückstellte und in jene Ver=
legenheit gerieth, wie sie sich an einem Menschen
zu zeigen pflegt, der sich bei etwas Unerlaubtem
ertappt sieht.

Er drehte den Hut wieder in den Händen
und stammelte einige unzusammenhängende
Worte, aus denen Frau Tessel etwas wie eine
Entschuldigung entnahm.

Als fände sie durchaus nichts Auffallendes
darin, fiel sie ihm sofort lächelnd in das
Wort: „O, das thut nichts. Es ist mein Sohn,
der augenblicklich in Amerika weilt."

Diese Ausrede pflegte man stets Leuten

gegenüber anzuwenden, die in die Familienver=
hältniffe nicht näher eingeweiht waren. Plötz=
lich wurde fie unruhig, denn fein erftauntes
Aufblicken überrafchte fie. Es war ihr, als
glitte ein leifes Lächeln über feine blaffen Züge.
Wie der Blitz kam ihr ein unheimlicher Ge=
danke, der fo ftark auf fie einwirkte, daß ihr
Athem fchneller ging. Sie fühlte die auffteigende
Hitze in ihrem Gefichte und das erregte Schlagen
ihres Herzens. Sofort aber beherrfchte fie fich,
indem fie fich zu einer ruhigen Rede zwang.

Sie ließ fich auf einen der rothen Plüfch=
fauteuils nieder und begann mit zitternden
Lippen, unter dem Einfluß großer Neugierde:
„Was haben Sie eigentlich verbrochen? Sie
können fich mir offen anvertrauen . . .“

„Ich habe meine Braut erfchoffen, weil ich
von ihrer Untreue überzeugt war,“ erwiderte er
ruhig, diesmal den Blick feft auf fie gerichtet.
„Sie hatte mich fchwer beleidigt, und fo konnte
ich mich im Augenblicke nicht mehr mäßigen.
Ich wurde wegen Todtfchlags angeklagt, und
man billigte mir mildernde Umftände zu. Ich
habe fchwer gefühnt.“

Während er den Kopf wieder gefenkt hielt,
glitt fein irrender Blick abermals nach der

Photographie, doch diesmal scheu, als müßte
er noch viel mehr sagen, wozu er aber nicht
den Muth hätte. Plötzlich fügte er mit gesenkten
Augen hinzu: „Ihr Herr Sohn war nicht der
Einzige, mit dem sie mich hinterging."

Regungslos, Todtenblässe im Gesicht, saß
Frau Tessel da, den starren Blick auf ihn ge=
richtet. Fürchterlich war ihr die Erkenntniß
gedämmert. Was für ein entsetzlicher Zufall,
der ihr diesen Menschen ins Haus brachte, den
sie niemals zuvor gesehen hatte, dessen Namen
sie aber kannte, und von dem sie wußte, daß
sein Schicksal aus der Tragödie ihres Sohnes
sich herausgestaltet hatte!

Sie wollte etwas sagen, aber der schreckliche
Eindruck des Augenblicks hatte ihr die Worte
genommen. Und da er die Empfindung hatte,
etwas Entsetzliches angerichtet zu haben, so be=
gann er wieder, fast bittend:

„Ich habe nicht gewußt, daß hier seine
Eltern wohnen, ich sah auch gar nicht auf das
Thürschild. Ich zog blindlings an der Klingel.
Wahrhaftig, es ist so . . . Nun kann ich es
Ihnen aber sagen, gnädige Frau — Ihr Sohn
denkt Tag und Nacht an Sie und weint im
Stillen mehr um seine Eltern, als Sie es

glauben. Während der täglichen Spaziergänge haben wir uns kennen gelernt. Die Gefangenen halten immer zusammen und klagen sich gegenseitig ihre Leiden. Nicht er hatte Schuld, sondern sie, die ich getödtet habe . . . . . Haben Sie tausend Dank für das Gute, das Sie mir heute erwiesen haben. Nie werde ich Ihnen das vergessen. Zum ersten Male habe ich gebettelt, — es soll auch das letzte Mal gewesen sein."

Er trat auf sie zu, ergriff ihre Hand, küßte sie wiederholt und flüsterte dann wie zur Ermuthigung: „Noch ein Weilchen, und er wird ebenfalls kommen."

Kaum eines Wortes fähig, holte sie ihr Portemonnaie hervor und drückte ihm einen Thaler in die Hand. Dann erhob sie sich und ging ihm voran, dem hinteren Ausgang zu.

„Kommen Sie heute Abend wieder, wenn mein Mann hier ist. Sie sollen nicht untergehen," war Alles, was sie hervorzubringen vermochte.

Die Küchenthür klappte. Dann ging Frau Tessel mit erhobenem Haupte an ihrem Dienstmädchen vorüber, schritt wieder dem Vorderzimmer zu und riegelte sich ein. Und während sie am Fenster stand, das Bild ihres Sohnes betrachtete, rannen ihr heiße Thränen über die Wangen, Thränen, wie sie nur den Augen einer Mutter entströmen können . . . .

Der Garderobenhalter.

––––––

Lilli Schuster hatte bereits frühzeitig „theatralische Anlagen" gezeigt. Schon als Kind war es ihr ein Vergnügen gewesen, sich mit bunten Tüchern zu drapiren, vor den Spiegel zu stellen, den Lockenkopf zu schütteln, mit den Armen heftig zu agiren und dabei allerliebste Gesichter zu schneiden.

Das hatte sie von der Aeltesten, die einem besseren Theaterverein angehörte und zu Hause stets „wild" wurde, wenn sie ihre Rollen lernte. Hin und wieder mimte auch die Zweite etwas mit, um die „jungen Leute" auf sich aufmerksam zu machen, wie die Mutter zu sagen pflegte.

Die „drei Schusters" waren überhaupt lustige Mädels, die am liebsten Alles auf den Kopf gestellt hätten, wenn Knapphans nicht so oft

Gast im Hause gewesen wäre. Es waren noch
zwei Brüder vorhanden, von denen der eine
als Supernumerar kräftig der Unterstützung bedurfte, während der andere noch das Gym-
nasium besuchte und bei jeder Gelegenheit einen
fürchterlichen Appetit entwickelte.

So hatte der alte Rechnungsrath, der ein
Mädchen ohne Vermögen geheirathet hatte, seine
Sorgen, und er war froh, wenn seine Frau zu
Hause das Regiment führte und man seine
„extraordinäre Kasse" so wenig als möglich in
Anspruch nahm.

Dann kam die Zeit, wo man daran denken
mußte, die Aelteste zu versorgen, denn sie hatte
bereits zweimal „genullt", wie die Berliner zu
sagen pflegen, das heißt die Zwanzig hinter
sich. Da sie leidlich hübsch war, fand sich denn
auch ein Freier, ein junger Kaufmann aus dem
Theaterverein, der sich geehrt fühlte, einen
„Herrn Rath" zum Schwiegervater zu bekommen.

Am Polterabend gab es ein kleines Ereigniß. Die zwölfjährige Lilli spielte ein Blumen-
mädchen so graziös und deklamirte ihr Gedicht
so wundervoll, daß rauschender Beifall von
allen Seiten kam. Sie wurde noch zu einer

Zugabe ermuntert und trat in einer sehr zum
Lachen reizenden Vermummung als „Garderoben=
halter" auf.

Diese Soloszene bestand in einem sehr ko=
mischen Zwiegespräch zwischen einem Herren=
und einem Damenhut, die auf einem Kleider=
riegel im Korridor hängend gedacht waren und
sich nicht vertragen konnten. Mit hoch erho=
benen Armen, über jede Hand einen der Hüte
gestülpt, die sich fortwährend wie zwei Gesichter
zuwendeten, verstand sie es, die „Gefühle" der
beiden Kopfbedeckungen so drollig zum Ausdruck
zu bringen, daß ein alter Herr aus der Gesell=
schaft sie vor Entzücken in seine Arme schloß,
herzhaft küßte und mit Enthusiasmus verkün=
dete, daß der „Garderobenhalter" eine ent=
scheidende Wendung in ihrem Leben bedeuten
würde. Es stand fest bei ihm, daß eine große
Schauspielerin in ihr stecke, die dereinst die Welt
noch in Erstaunen setzen werde.

Sie war glühend roth geworden. In ihrer
Kindesseele erwachten dunkle Vorstellungen von
blendender Lichtfülle und berauschenden
Triumphen, die märchenhaft, wie die Wunder
aus „Tausend und eine Nacht", auf sie ein=
stürmten.

Vor Kurzem war sie bei einer Kindervor-
stellung im Theater gewesen und hatte mit
großen Augen die Vorgänge auf der Bühne
verfolgt, und so schwebte ihr noch jene herrlich
gekleidete Heldin vor, die man zum Schluß her-
vorgejubelt und mit Kränzen förmlich über-
schüttet hatte. So ausgezeichnet zu werden, das
müßte schön sein!

Nach einigen Jahren begann die Weis-
sagung des alten Herrn sich zu erfüllen.

Es schien in der That, als würde die
jüngste der „drei Schusters" diejenige von den
Schwestern sein, auf die der andauernde Besuch
des Theatervereins „Undine" fruchtbringend ge-
wirkt hätte. Auch die Zweite war mittlerweile
in den Hafen der Ehe eingelaufen und hatte
gleich der Ersten der Scheinwelt der Privat-
koulissen andauernde Feindschaft geschworen.
Mann und Kind nahmen so viel Zeit in Anspruch, daß die einstigen Ideale sich allmählich
in der Prosa des Lebens aufzulösen begannen.

Umsomehr durfte nun Lilli das theatralische
Feld behaupten. Mit gelindem Entsetzen bemerkte der Rechnungsrath, wie immer gewal-
tiger der Drang in ihr entstand, hinaus auf
die Bretter zu steigen, welche die Welt bedeuten,

und wie sich ihrer allmälig eine große Unge-
bundenheit bemächtigte, die sich mit den vier
Wänden des Philisterthums durchaus nicht
vertrug.

Seine simple Ehrbarkeit, die sich das Leben
der Theaterdamen nicht anders als ein Sodom
und Gomorrha vorstellen konnte, sträubte sich
zuerst gegen die Zumuthung, eine seiner Töchter
könnte wirklich das Komödienspiel als Erwerb
betrachten.

Im Verein „Undine" war das ganz etwas
Anderes. Da war man unter sich, unter
honetten Leuten, bildete eine einzige große
Familie und war nur darauf bedacht, einige
Stunden des Abends vergnügt hinzubringen,
um zum Schluß den Mädels noch zu einem
Tänzchen zu verhelfen. Aber sich vorzustellen,
daß Lilli mit richtigen Schauspielern auf der
Bühne Umarmungen austauschen könne, sich
den Blicken tausend fremder, ihr gleichgültigen
Menschen aussetzen müsse — dieser Gedanke
brachte ein „Brrr" auf seine Lippen, ver-
bunden mit einem Schütteln des Schauderns.

Er dachte lange nach. Sie mußte es entschieden von der Mutter seiner Frau haben,
die für den Koulissentand ebenfalls starke Nei-

gung gezeigt hatte. Bevor er jedoch den Ge=
lüften seiner Jüngsten energisch Widerstand
leisten konnte, schied er ganz plötzlich aus der
Welt, an einem Herzübel, das ihn in letzter
Zeit ganz besonders stark geplagt hatte.

Mit der Mutter hatte Lilli nicht viel zu
kämpfen, denn die Frau Rechnungsrath hatte
sich bereits stark in den Gedanken hineingelebt,
von der „Riesengage" der „Talentvollen" sich
auf ihre alten Tage ein beschauliches Dasein zu
schaffen. Sie hatte weder von ihren Söhnen
noch von den „Verheiratheten" etwas zu er=
warten, denn diese hatten gerade mit sich genug
zu thun. Trotzdem die kleine Pension nicht
hin noch her reichte, brachte sie alle nur mög=
lichen Opfer, um Lilli den Besuch einer Theater=
schule oder vielmehr „dramatischen Lehranstalt",
wie der „Herr Regisseur" sein Institut nannte,
zu ermöglichen.

Gerade als Lilli im besten Zuge war, sich
die Unmanieren des Vereins „Undine" abzuge=
wöhnen und die ernsten Aufgaben der Dar=
stellungskunst zu erfassen, traf sie der erste ver=
nichtende Schlag: auch die Mutter ging hinüber
ins Reich der Schatten. Nun fiel auch die
Wittwenpension fort.

Die Brüder konnten nicht helfen und die Mittel waren erschöpft.

Die Schwestern riethen zur Umkehr. Aber Lilli befand sich bereits zu sehr in ihrem Element, als daß sie den Lockungen des Theaterteufels hätte widerstreben können. Hinzu kam ein gewisser Stolz, zu beweisen, daß sie sich in ihrer Begabung nicht getäuscht habe, und der Trotz, sich vor den Krämerseelen, wie sie ihre Schwäger nannte, nicht zu beugen. Denn schon oft hatte sie von dieser Seite Bemerkungen aufgefangen, die sich auf das „Aus-der-Art-geschlagen" bezogen und ihr leicht erregbares Blut in Wallung brachten.

Zu Hause machten ihr die Brüder die Hölle heiß, die sie für „zu frei" erklärten und die Predigten des seligen Vaters wiederkäuten, der in jedem Mädchen nur die zukünftige Hausfrau erblickt hatte.

Die Schwestern, die sie trotz alledem lieb hatten, steckten ihr heimlich zu, was sie sich von ihrem Wirthschaftsgelde abknapsen konnten, und so hielt sie sich glücklich so lange über Wasser, bis der „Herr Regisseur" eines Tages erklärte, er halte sie nun für reif genug, „seine Lehrmethode an einer respektablen Bühne würdig

zu vertreten". Ein verstecktes Ansinnen von
ihm, sie einem bekannten lebenslustigen Protektor
zu empfehlen, hatte sie voll Entrüstung zurück=
gewiesen, was er geruhte, sehr naiv zu finden,
da es doch von ihm allgemein bekannt sei, daß
er seinen entlassenen Schülerinnen nur durchaus
praktische Winke mit auf den Weg gebe.

Der „Herr Regisseur" hatte Verbindungen
mit der Provinz. So empfahl er sie denn
einem befreundeten Direktor in einer kleinen
Stadt, der mit Rücksicht auf die Garnison und
das halbe Dutzend Zivillöwen, das dort herum=
bummelte, gern mit jungen, frischen Debutan=
tinnen zu paradiren pflegte und der geringen
Gage wegen sich mit Kattun und Tüll be=
gnügte.

Ein ganzes Jahr lang hielt sie sich tapfer,
lernte sie das ganze versteckte Elend kennen, dem
anständige und hübsche Schauspielerinnen aus=
gesetzt sind, die überall die verlockenden Fall=
stricke ihrer Tugend sehen und doch den sitt=
lichen Muth besitzen, Allem zu widerstehen.
Ihr einziger Traum war Berlin, dort ihr Ta=
lent zur Entfaltung zu bringen und ihrer
Mutter, die fest an ihr Talent geglaubt hatte,
noch im Grabe Ehre zu machen.

Die langen, gagenlosen Sommerferien folgten und mit ihnen allerlei Demüthigungen vor Agenten, die ihr, der noch unverdorbenen Idealistin, mehr als einmal die helle Röthe ins Gesicht trieben. Schweigend erduldete sie Alles, von jener starken Hoffnung beseelt, die den Grundzug wirklich naiver Naturen bildet.

In Berlin fand sie die einstige Häuslichkeit zerrissen, der älteste Bruder hatte sich in die Provinz versetzen lassen, der jüngere war bei einem der Schwäger in Pension. Da sie während ihres Engagements den Schwestern immer nur geschrieben hatte, daß es ihr leidlich gehe, so hinderte sie jetzt ihr Stolz erst recht, sich ihnen aufzudrängen.

So wohnte sie denn „möblirt" und schlug sich durch, so gut es ging. Sechs Wochen lang „gastirte" sie an einer Vorort-Sommerbühne, was ihr wie ihr „künstlerischer Tod" vorkam, denn Niemand nahm Notiz von ihr, ausgenommen der „artistische Leiter", der im gewöhnlichen Leben das einträgliche Geschäft eines Brauereibesitzers betrieb.

Endlich schien für sie die „große Zeit" zu kommen. Durch Vermittlung einer Agentur durfte sie sich dem Direktor eines größeren

Theaters vorstellen, von dem man ihr gesagt hatte, daß er durch ihre Photographie und die kritischen Empfehlungen der „Stadtpost" in Dingsda zu der Aeußerung veranlaßt worden sei, daß die „betreffende Dame eventuell eine Acquisition" für ihn sei. Sie fand den gefürchteten Koulissen-Beherrscher in seinem Theater-Bureau anscheinend in schlechter Laune vor, denn er nahm von ihrem Eintritt kaum Notiz, schrieb vielmehr ruhig weiter, musterte sie aber mehrmals durch rasche Blicke in den Sophaspiegel.

„Womit kann ich Ihnen dienen, mein Fräulein?" fragte er dann, indem er das berüchtigte Theater-R mit jener dramatischen Verve hervorschnarrte, die seine fremdländische Abstammung sofort verrieth. „Schuster heißen Sie? Wie kann man nur Schuster heißen, liebes Kind?" fuhr er fort, nachdem sie sich mit Zagen vorgestellt hatte. „Beim Theater darf man niemals Schuster heißen, niemals! Vor Allem an meinem Theater nicht. Meine Bühne würde darunter leiden. Weßhalb nehmen Sie keinen nom de guerre an, wie man in Paris zu sagen pflegt, das ich mit Stolz meine zweite Heimath nennen darf. Machen Sie meinet-

wegen einen Accent über das e, aber um
Himmelswillen nur nicht Schuster! Bedenken
Sie doch die Kritik! Sie brauchten nur ledern
zu spielen und der Witz wär' da."

Nun hatte er sich ihr zugewendet, schlug ein
Bein über das andere, strich seinen martialischen
Schnurrbart und musterte sie wohlgefällig. „Sie
sind hübsch, mein Kind, man könnte eventuell
den Versuch machen, Sie einmal hinauszu=
stellen . . . Darf ich um Auskunft über Ihren
Garderobenhalter bitten? Danach würde ich
Ihr Repertoir ermessen können."

Sie überhörte das Wort, weil ihre Gedanken
bereits einen höheren Flug genommen hatten.
Voll seliger Hoffnung begann sie von den Er=
folgen in der Provinz zu plappern und von
dem Talent, das man ihr allgemein nach=
sage.

Unruhig unterbrach der Gewaltige sie:
„Liebes Kind, ich habe nicht nach Ihrem Ta=
lent gefragt. Ich setze immer voraus, daß
man Talent besitzt, wenn man zu mir kommt.
Aber ich kann nur Damen engagiren, die über
glänzende Kostüme verfügen. Mein Theater
ist eine Bühne ersten Ranges . . . allerersten
Ranges! Deßhalb muß ich mir nochmals die

Frage erlauben: „Können Sie mir Gewähr
für gute Finanzirung Ihres Garderobenhalters
bieten?"

Jetzt hatte sie das viel bedeutsamere Wort
verstanden. Bleich, keiner längeren Auseinandersetzung mehr fähig, ging sie, entlassen mit wohlmeinenden Worten, die von einem Achselzucken
des Bedauerns begleitet waren. Noch schwirrte
ihr die magere Ziffer im Kopfe herum, die
man ihr als „eventuelle Gage" geboten hatte.
Zum Leben zu wenig, zum Verhungern zu
viel!

Vor dem Theater begegnete ihr jener
„lebenslustige Protektor", an den sie vor einem
Jahr durch ihren väterlich gesinnten Lehrer gewiesen worden war. Er zog sehr höflich den
Hut und benützte die Gelegenheit, sich liebens-
würdig „in Erinnerung" zu bringen. Er habe
sehr viel über ihr „schönes Talent" gehört und
hoffe sie bald als „star" an einer ersten Bühne
glänzen zu sehen. Sie gingen ein Stück Weges
mit einander, wobei sie fand, daß er im Ver-
kehr weniger gräßlich sei, als man ihn ihr ge-
schildert hatte.

Lange kämpfte sie mit sich den Kampf
zwischen Ehre und leicht erkauftem Ruhm. Aber

die Eitelkeit umgaukelte sie mit süßen verführe-
rischen Melodien.

Am Nachmittag ging sie zum Kirchhofe
hinaus, kniete an den Gräbern ihrer Eltern
nieder und weinte sich herzlich aus. Sie erwog
Alles, selbst den Tod. Stünde es dann besser
um sie? Thränen der Schwester und Brüder,
und dann Vergessenheit! Nein, nein! Die Eltern
waren todt, sie war selbständig und brauchte
Niemand Rechenschaft über ihr Thun und Lassen
zu geben. Sie war jung und schön und lechzte
nach Ruhm und Genuß. . . .

Sie hatte sich entschieden. Am Abend saß
sie beim Sekt, inmitten lustiger Gesellschaft, zur
Seite den „Protektor", der ihr als erstes An-
gebinde einen kostbaren Brillantring geschenkt
hatte und sie bereits zärtlich seine „kleine
Freundin" nannte. Ihr Tischnachbar benützte
die Gelegenheit, ihr in etwas verwegener Weise
zu ihrem „Garderobenhalter" zu gratuliren.
Edes Etat für splendide Kostüme sei einfach
phänomenal.

Sie schauerte leicht zusammen und schloß
halb die Augen. Und während sie den Kelch
mit Champagner in der Hand hielt, zog ein
süßes Bild aus ihrer Jugend an ihrem Geiste

vorüber. Sie sah sich als harmloses, unschul-
diges Kind an jenem Polterabende, wo sie das
lustige Solo vortrug und der alte Herr prophe-
zeite, daß der „Garderobenhalter" eine entschei-
dende Wendung in ihrem Leben bedeuten würde.
Wenn er geahnt hätte, in welcher Art!

Mit Gewalt zerdrückte sie das Naß in ihren
Augen, stieß laut lachend an und stürzte ein
volles Glas hinunter. Bei derartigen Anfällen
war Betäubung die beste Medizin. . .

Die alte Ebel.

Punkt vier Uhr des Morgens, ob Sommer oder Winter, erschien die alte Ebel mit ihrem Klappkorbe am Arme als Erste vor dem Hause des bekannten Hofschlächters in der Friedrichstraße und nahm ihre gewohnte Ecke in dem kleinen Vorflur am großen Gitterthore ein, das das Haus von der Straße abschloß. Seit fünf Jahren hockte sie immer auf derselben Stelle, dicht an der Stufe, die zu dem großen Laden führte, der aber um diese Zeit noch geschlossen war. Es war so zu sagen der Ehrenplatz, den ihr die abgehärmten Frauen und Mädchen eingeräumt hatten, die sich in aller Frühe hier zusammendrängten, um die Abfälle von Wurst und Fleisch entgegen zu nehmen, die ihnen der wohlthätige Mann durch einen seiner Gesellen austheilen ließ.

Alle wußten, daß sie einst bessere Tage ge=
sehen hatte, und daß es ihr nicht an der
Wiege gesungen worden war, sie werde im
späten Alter, mit früh erbleichtem Haar, von
der Gnade fremder Leute abhängig sein.

Sie selbst jedoch sprach nie über ihre
Familie, nur aus einigen Andeutungen von ihr
glaubte man entnommen zu haben, daß sie
noch große Kinder besitze, mit denen sie trübe
Erfahrungen gemacht haben müsse. Worauf
auch immer ihr ewiges Lamento hinwies: daß
eine Mutter zehn Kinder ernähren könne, aber
zehn solcher Rangen nicht eine Mutter.

Hin und wieder brachte sie auch das Ge=
spräch auf ihren Mann, an dem sie mit großer
Innigkeit hing. Dabei erhielten ihre Augen
einen erhöhten Glanz und ihre Sprechweise, die
im Laufe der Jahre durch den Umgang mit
den Niedrigen aus dem Volke etwas gewöhnlich
geworden war, veränderte sich merklich.

„Nicht wahr, meine Lieben, es ist doch so?"
begann sie in der Regel sehr lebhaft. „Mann
und Frau sollen eins sein, auch im Alter und
in schlechten Tagen. Früher, als wir noch
unsere große Gastwirthschaft hatten und ich
das Geld in Rollen auf den Tisch zählen

konnte, verhätschelte mich mein Mann, strich meine Wangen und nannte mich sein liebes Kind. Damals ernährte er mich, denn er war noch gesund und kräftig. Ich jedoch war man immer soso. Ein spillriches Ding. Das Essen wollte niemals bei mir anschlagen, trotzdem wir es wahrhaftig dazu hatten. Nun, da wir Alles verloren haben und er ausgemergelt und halbgelähmt ist, ist es meine Pflicht, ihm noch zu einer warmen Suppe zu verhelfen. Jetzt tätschele ich ihn und nenne ihn meinen Lieben und Einzigen. Und nun erlebe ich noch das Wunder, daß ich fett und rund wie eine Markt= frau werde. Das muß wohl das ewige Sitzen machen. Denn, wenn man hier stundenlang auf eine Knochenbeilage wartet, kommt man sich wie eine richtige Rentiere vor, die es mit ihrem Diner nicht sehr eilig hat. Sie weiß ja doch, daß es kommen muß."

Die Uebrigen lachten, und Frau Rietsch, eine lange und hagere Wäscherin, die am lautesten aufgekreischt hatte, beugte sich zu ihrer Nachbarin, einer vertrocknet aussehen= den Wittwe, für die man den Spitznamen „Mutter Tunte" erfunden hatte (Tunte war eine Verbalhornisirung von Tante) und raunte

ihr zu: „Manchmal spricht sie doch janz je=
büldet."

Es war im Winter, kurz nach fünf Uhr.
Alle hatten ein Wenig die Augen geschlossen
gehabt und waren nun munter geworden, weil
sie hinter dem Rollladen verheißungsvoll poltern
hörten. Nicht lange mehr und sie waren von
ihrem qualvollen Warten erlöst.

Es war auch wirklich kein Spaß, an
diesem kalten Morgen, wo der Hauch wie eine
Dampfwolke aus dem Munde entströmte, die
fast steifgefrorenen Glieder in steter Bewegung
zu erhalten, um sich gegen den Frost nach
Möglichkeit zu wehren. Außerdem war ein
starkes Schneegestöber, von dem man selbst in
dieser geschützten Ecke sein gut Theil abbekam.

Der Wind blies kräftig von der anderen
Seite der Straße her und trieb die feinen,
nadelspitzen Eiskrystalle mit aller Macht in den
Flur hinein, so daß die Kleiderkanten der
Armen mit einer weißen Kruste überzogen
waren. Aber sie rückten und rührten sich
nicht, denn die Gewohnheit hatte sie gegen
jedes Unwetter gleichgiltig gemacht.

Den Kopf in dicke Tücher gehüllt, so daß
kaum die Nasenspitze zu sehen war, die Arme

unter der Schürze vermummt, den Oberkörper geduckt, starrten sie stumpf und blöde vor sich hin, kaum mehr darauf achtend, was draußen auf der Straße vorging.

Der Schnee umwirbelte die Laternen und zog in hellen Streifen über die Straße. Dann sah es zeitweilig aus, als würden von un= sichtbaren Luftgeistern, unendlich lange weiße Schleier gewoben, durch die das flackernde Licht der Laternen einen matten Schein würfe. Das Witterungsgewebe zertheilte sich dann, die Flocken fielen gerade und dicht in unaufhörlichen Strömen zur Erde hernieder, bis der Riese Wind wieder seine unendlichen Backen blähte und pfeifend die weiße Wand über das Trottoir fegte.

Selten, daß einer der spärlich Vorübergehenden Notiz von dem Häuflein Armuth nahm. Nur hin und wieder blieb irgend ein halbbezechter Nachtschwärmer stehen, reckte den Hals aus dem emporgeschlagenen Kragen seines Paletots in den Flur hinein und wunderte sich über die dunklen, zusammengekauerten Gestalten, aus denen er nichts Rechtes zu machen wußte. Er murmelte etwas Unverständliches vor sich hin, schüttelte den Kopf, gebrauchte wohl einige

nichtsnutzige Redensarten, die unbeantwortet
blieben und ging dann weiter.

Endlich kam die Erlösung. Innen machte
sich anhaltendes Poltern bemerkbar, dann ertönte das Quietschen des Rollladens, das gewöhnlichen Menschenkindern durch Mark und
Bein gegangen wäre, diesen Armen aber wie
verheißungsvolle Musik erklang.

„Jott sei Dank, det die Schleuse uffgezogen
wird. Een Eiszappen hat's jut jejen Unsereens.
Der weeß nich, warum er friert," sagte Frau
Rietsch, die wie gewöhnlich zuerst in die Höhe
geschnellt war und den gekrümmten Buckel reckte.

Auch die Uebrigen hatten sich erhoben und
vertraten sich die Beine. Mit einem Male
war große Geschwätzigkeit über sie gekommen,
die in seltsamem Gegensatze zu der bisherigen
Schweigsamkeit stand. Es war der Ausbruch
einer gewissen Lustigkeit bei dem Gedanken an
die zu erwartenden Genüsse. Durch Etwas
mußte man doch seiner Freude Luft machen.

„Mir hat von Filet jetraimt," sagte eine
kleine junge Frau, die schmächtig wie ein
Kind aussah und erst neuerdings die Ver-
günstigung bekommen hatte, an dieser Krippe
hier erscheinen zu dürfen.

„Ick war in 'ne fremde Jejend jerathen, dann jiebt's immer was Appartes," fiel ein blatternnarbiges Mädchen ein.

„Na, denn wird's woll falschen Hasen jeben," warf die „Tunte" in ihrer gedehnten Sprechweise dazwischen.

Alle lachten über diesen „Witz".

Dann trat völliges Schweigen ein, denn heller Lichtschein drang durch den sichtbaren Theil der Glasthür und erleuchtete den unteren Theil des Vorflures, so daß die ärmlichen Röcke in ihrer ganzen Bedürftigkeit sichtbar waren.

Das war das Zeichen zu einem allgemeinen Vorstoß. Es waren etwa zwölf Menschen, die sich plötzlich nach der Ladenthür drängten, um nicht zu kurz zu kommen. Trotzdem sie wußten, daß das gar keinen Zweck hatte, so wiederholten sie doch jeden Morgen dieselbe Attacke. Sie handelten aus Gewohnheit der Armen, die stets in dem Glauben leben, bei Vertheilung der Erdengüter zuletzt an die Reihe zu kommen.

„Aber so erdrückt doch das Kind nicht, seid doch nicht so wild. Ihr bekommt doch keinen Rabatt dafür," sagte Mutter Ebel, die, nun im Stehen, mit ihrer robusten Figur die Ecke dicht an der Klinke ausfüllte.

„Komm' her, Kleine," sprach sie dann weiter, „wir wollen zeigen, daß wir warten können. Dann wird's uns gehen, wie es in der heiligen Schrift verkündet ist: die ‚Letzten werden die Ersten sein'."

Damit zog sie ein etwa elfjähriges Kind zu sich heran, das ein winziges offenes Körbchen am Arme trug und in ein dickes Umschlagetuch wie in einen Seelenwärmer gewickelt war, über welches das aufgelöste braune Haar in Strähnen hing. Diese Kleine, die einen sehr bescheidenen Eindruck machte, vertrat ihre Mutter, die vor einigen Tagen auf dem Glatteis gestürzt war und sich einen Fuß gebrochen hatte. Eingeschüchtert durch die Keckheit der Erwachsenen hielt sie sich meist im Hintergrunde, schwebte dann aber in steter Furcht, als Kleinste von Allen nicht zur Geltung zu kommen und so versuchte sie durch jede Lücke hindurchzuschlüpfen, hatte aber wenig Glück damit.

Man fühlte sich durch Mutter Ebels Worte beschämt, trat zurück und hinderte sie daran, ihren Platz zu verlassen. Die kleine schmächtige Frau schob das Kind sogar bis dicht an die

Ladenthür und sagte: „So, nun sollst Du auch
wirklich die Erste sein."

„Na, jetzt denn die Quietschkommode heute
jar nich uff," räsonnirte dann die Rietsch
drauf los.

Der Rollladen war erst bis zur Hälfte auf-
gezogen und schien festzusitzen; dann aber ging
er nach einer letzten Anstrengung in die Höhe.
Man bekam bald die Erklärung dafür. Statt
des Altgesellen, der ihnen sonst jeden Morgen
zu öffnen pflegte, erblickten sie ein fremdes Gesicht. Es war ein frischer, kräftig gebauter
Mann, Ende der Zwanziger, der ihnen durch
die Scheibe freundlich zugrinste und sie dann
eintreten ließ.

Also ein neuer Geselle, mit dem man sich
auf alle Fälle gut befreunden mußte. Die
„Tunte" machte sofort einen etwas verunglückten
Knix, um sich mit dem „Neuen" gut zu stellen.
Und auch Frau Rietsch versuchte den Buckel
möglichst weit zu krümmen. Ihr „Wünsche
Juten Morjen" klang fast flötenhaft und war
mit einem Augenaufschlag begleitet, der beinahe
zu denken geben konnte.

„Na, dann springt nur vorbei wie die
Hammel. Von heute ab habt Ihr es mit mir

zu thun," sagte er, indem er die Thürklinke so
lange in der Hand behielt, bis die Letzte hin=
durchgeschlüpft war.

Alle wußten sofort, daß von heute ab ein
strenges Gericht mit ihnen beginnen würde,
denn eine derartige Tonart hatten sie noch nicht
vernommen. Plötzlich dämmerte es ihnen auch
von einem „zukünftigen Schwiegersohn" etwas
vernommen zu haben, der demnächst in das
Geschäft eintreten würde, um die einzige nicht
mehr junge Tochter ihres Wohlthäters heim=
zuführen. Gewiß, das mußte er sein, dafür
sprach schon sein ganzes Auftreten. Auch in
seinem Aeußeren hatte er Etwas, was den
„Herrn" erkennen ließ: das wohlfrisirte Haar,
den kokett gewirbelten üppigen Schnurrbart und
den hohen modernen Stehkragen mit der eben=
falls modernen, gestreiften Kravatte, in der eine
goldene Nadel steckte.

In dem großen, sehr sauber aussehenden
Laden, in dem das geputzte Messing glänzte,
und dessen lange Wände prächtig gemalte De=
korationsstücke schmückten, brannte bereits eine
Kuppel des elektrischen Lichtes und erleuchtete
Alles wie mit Tageshelle. Hinter dem Laden=
tische stand eine Mamsell, die noch sehr ver=

schlafen schien, denn sie gähnte fortwährend hinter der vorgehaltenen Hand.

„Nun, habt Ihr alle Eure Marken?" begann er wieder, blieb breitbeinig vor ihnen stehen und zündete sich eine Zigarette an.

Diese Marken bestanden aus mit Papier beklebter Pappe, trugen den Stempel des Geschäfts und Namen und Wohnung der Bedürftigen. Es bedurfte vieler Mühe, um in ihren Besitz zu gelangen. Gewöhnlich setzte sich der Meister mit dem Armenvorsteher in Verbindung, der ihm diejenigen vorschlug, die ihm besonders am Herzen lagen. Vor Mißbrauch der Marken war man sicher, denn diese Armen würden sich gewiß nicht ins eigene Fleisch schneiden und Wohlthaten Anderen zu Theil werden lassen, deren sie selbst wie das liebe Leben bedurften.

Hinten, am Ende des Ladens, befand sich eine durchbrochene Wand, die in einen Nebenraum führte. Hier stand ein großer Hauklotz, auf dem die Abfälle bereits in Häufchen getheilt waren.

Alle umstanden den Block eng zusammengedrückt wie eine Heerde furchtsamer, eingeschüchterter Schafe.

August, der Altgeselle, der sie bisher abge=
fertigt hatte, war zwar auch nicht immer zart
gewesen, hatte aber doch stets derbe Witze bereit
gehabt, die ihm in ihren Augen einen Zug von
Freundlichkeit gegeben hatten.

Dieser „Neue" jedoch schien einen ganz be=
sonderen Kommandoton am Leibe zu haben.
Die Hälse geredt, stumm und starr den fast
gierigen Blick auf die Herrlichkeiten vor sich
gerichtet, fühlte Jede fast ihr Herz schlagen bei
dem Gedanken, sie besonders könnte heute schlecht
behandelt werden.

Nur Eine war es, die in diesem Augenblicke
nicht an die kümmerlichen Abfälle dachte, son=
dern nur Augen für den Mann vor sich hatte,
dessen Anblick plötzlich jammervolle Abgründe
ihres Lebens mit Allgewalt aufgedeckt hatte.
Noch traute sie kaum ihren müden Augen, aber
je mehr sie ihre Unruhe fühlte, je stärker ihr
Athem ging, je mehr empfand sie, daß sie Den=
jenigen vor sich hatte, der, nachdem das Schick=
sal ihnen Alles genommen hatte, auch noch
ihre Seele knickte.

Mit zitternder Hand hatten Alle ihre
Marken hingereicht und ihr Scherflein entgegen=
genommen. Nun stand Mutter Ebel vor ihm,

die er gleich den Uebrigen kaum beachtet hatte.
Schon wollte er ihr das Häuflein Abfälle in
den Korb legen, als sie diesen zurückzog und
rauh sagte: „Von Ihnen, Herr Kaube, nehme
ich nichts. Auch dann nicht, sollten Sie damit
vergelten wollen, was wir an Ihnen früher
gethan haben, als Sie sich oftmals satt bei uns
aßen."

Vor Schreck ließ er fast die Fleischüberreste
fallen, die er noch immer in Händen hielt. Auch
die Mamsell hinter dem Ladentisch blickte groß
auf und trat näher. Einige der Armen hatten
noch nicht den Laden verlassen, blieben stehen
und wandten sich um. War denn Mutter Ebel
plötzlich verrückt geworden? Ei, sie wollte wohl,
pochend auf ihre alten Rechte, hier ein wenig
Revolution machen? Das konnte ihr schlecht bekommen.

Endlich hatte sich der Geselle gefaßt und
Alles begriffen. „Ach, Sie sinds, Frau Ebel,"
sagte er in erzwungenem Tone. „Ich hatte Sie
erst gar nicht wiedererkannt. Wie gehts?"
Und plötzlich seine Stimme dämpfend, raunte
er ihr zu: „Werden Sie hier nicht laut, es ist
schon besser so. Lassen Sie die alte dumme
Geschichte mit Ihrer Frieda ruhen. Sie ist nun

einmal für uns Alle verloren. Neulich sah ich
sie in sehr schlechter Gesellschaft — es war schon
Morgens um vier Uhr. ... Hier nehmen Sie
sich noch die ganze Wurst mit. Das können
Sie jeden Tag haben, wenn Sie wollen, Sie
müssen sich nur hübsch an mich halten."

In den trüben Augen der Alten funkelte
es. Mit Gewalt entriß sie ihm den Korb, den
er wohlmeinend wieder an sich gezogen hatte.
Während sie ihre Gestalt reckte und ihn drohend
mit einem Ausdrucke des Hasses anblickte, preßte
sie hervor: „Niemals ein Stückchen von Ihnen,
Herr Kaube, eher will ich Hungers sterben und
auf Krücken für meinen armen Alten betteln
gehen. Sie waren es, der sich in unsere Herzen
schlich, meine arme Tochter bethörte und sie
dann im Unglück sitzen ließ. Und wenn sie
heute auf schlechten Wegen wandelt, so haben
Sie sie allein auf dem Gewissen. Pfui über
Sie, dreimal Pfui!"

Die Mamsell schlug im Geheimen die Hände
zusammen, und die Armen, die sich, von der
Neugierde zurückgehalten, an der Thür zu-
sammengedrängt hatten, blickten sich bedeutungs-
voll an. Nun war ihnen plötzlich das Trauer-
spiel im Leben dieser Alten klar geworden, die

im Schweigen ihr Schicksal zu ertragen wußte.
— Plötzlich spielte Kaube wieder den Brutalen.
„Na, denn nicht," sagte er kurz und warf
den Klumpen Fleischüberreste zur Seite. „Wer
nicht will, der hat schon." Damit wandte er
sich ab und ließ sie stehen.

Sie sagte nichts mehr und ging — ging
mit dem Bewußtsein einer armen, verlassenen
Frau, die im höchsten Elend noch den Stolz
hervorgekehrt hatte. Draußen im Flure standen
die Frauen und Mädchen noch beisammen und
tuschelten. Kaum hatten sie Mutter Ebel er=
blickt, als sie Alle auf sie eindrangen, etwas
aus ihren Körben zu nehmen. Sie zögerte nicht
lange, denn, was sie hier nahm, hatte ihr Jener
nicht in die Hand gesteckt. Auch das kleine
Mädchen steuerte ihr Theilchen bei.

Dann nahm Mutter Ebel unter Dankes=
worten Abschied von Allen. Diese Schwelle
hier würde sie gewiß nicht mehr betreten. Der
liebe Gott, der die Vögel in der Luft ernähre,
werde sich wohl auch ferner ihrer erbarmen.

Es war noch immer dunkel, als sie lang=
sam mit feuchten Augen die Straße entlang
schritt. Vor einem hellerleuchteten Nachtcafé
blieb sie stehen. Als sie geputzte Dämchen

herauskommen sah, dachte sie an eine Verlorene, die sie in anderen Tagen einst mit Liebe an ihr mütterliches Herz gedrückt hatte.

Mutter Ebel murrte nicht. Während sie weiter ging, richtete sie den Blick nach oben, und die Schneeflocken, die auf ihr Gesicht nieder=wirbelten, mischten sich mit den Thränen, die ihr langsam über die Wangen liefen.

Brennender Blick.

———

Eines Abends fühlte ich seine Augen zuerst
auf mich gerichtet. Wenn ich sage „fühlte", so
will ich damit eine gewisse Verwirrung andeuten,
die sich meiner bemächtigte, als ich bemerkte,
wie sein Blick mich nicht verließ. Es war drei
Tage vor Weihnachten und das Lokal nicht
allzu stark besucht. Ich entsinne mich des Tages
um deßwegen so genau, weil an ihm vor zehn
Jahren Waldemar Tönnich sich das Leben ge=
nommen hatte. Meine Feinde und Neider be=
haupteten zwar, ich sei Schuld daran gewesen,
aber ich habe stets die Achsel dazu gezuckt.

Ich wäre auf diese dumme Geschichte gar
nicht mehr gekommen, wenn ich nicht gerade
in meinem Notizbuch geblättert hätte, wo ich
zufällig seinen Namen fand. Und merk=
würdig — kaum hatte ich das Buch eingesteckt,

einen kräftigen Schluck Rothwein genommen, um
damit die alte Erinnerung auszulöschen, als ich
den jungen Mann erblickte, der mir für die nächsten
Stunden so gründlich die Laune verderben sollte.
Er saß seitwärts an einem kleinen Tische,
wie vereinsamt bei seinem Schoppen Mosel,
hatte ein Bein über das andere geschlagen,
stieß hin und wieder mit großer Kunstfertigkeit
den Rauch seiner Zigarre in Ringeln von sich
und schien anscheinend von keinem Menschen
Notiz zu nehmen. Nur ich sah plötzlich seine
großen, dunklen Augen auf mich gerichtet, und
zwar mit einem Ausdruck, der mich seltsam
verstimmte. Und kaum hatte ich mein Gesicht
von ihm abgewandt, weil die Unterhaltung an
diesem Abend gerade sehr lebhaft war, kaum
wandte ich mich ihm wieder zu, so geschah
dasselbe wie zuvor: seine Augen waren wie
prüfend auf mich gerichtet, als wollte er mich
zu irgend Etwas herausfordern, was ich nicht
begriff. Es war kein aufdringliches fixiren,
nicht das freche Anstarren eines unangenehmen
Patrons, sondern der klare, ausdrucksvolle
Blick eines Menschen, dessen stets ernstes Gesicht
eigentlich keine Veranlassung giebt, ihm eine
beleidigende Absicht zuzutrauen.

Niemand im Lokal kannte ihn, selbst der
Kellner nicht, den ich um Auskunft ersucht
hatte. Auf alle Fälle also ein neuer Gast, der
sich in dieses versteckte Hinterzimmer verirrt
hatte, in dem sich sonst nur die alten Stamm=
gäste zu versammeln pflegten. Plötzlich, als
unsere Augen sich wieder begegneten und ich
die meinigen senken mußte, ohne eigentlich zu
wissen weshalb, war es mir, als hätte ich ihn
schon in irgend einem anderen Lokale gesehen
oder wäre ihm schon einmal flüchtig begegnet.
Waren es die Weingeister, die meine Phantasie
bevölkerten, oder bisher verschwommene Er=
innerungen, die sich plötzlich fester gestalteten —:
ich redete mir ein, ihn bereits an anderer
Stelle so sitzen gesehen zu haben, mir gegen=
über, mit demselben strengen Blick wie jetzt.
Und je mehr ich darüber nachdachte, je mehr
wurde mir diese Annahme zur Gewißheit.
Ja, es war so: ich sah ihn heute nicht zum
ersten Male. Ganz natürlich auch: erst was
man wiederholt erblickt, fällt auf.

Bei Gelegenheit musterte ich ihn auf=
merksamer. Es war ein hübscher Krauskopf,
etwa Anfangs der Zwanziger, mit einem kleinen
Bärtchen über der Oberlippe und einem winzigen

Ansatz zum Backenbart. Er ging sehr sorg=
fältig gekleidet und hatte wohlgepflegte Hände,
deren Kleinheit mir sofort auffiel. Ein ge=
wisser melancholischer Zug in seinem Gesicht
war unverkennbar. Während der ganzen Zeit
meiner Beobachtung sah ich ihn nicht ein
einziges Mal lächeln. Es war immer derselbe
ernste, fast medusenhafte Ausdruck, der für eine
frühe Lebensreife sprach.

Als er das Brödchen zu verzehren begann,
das er sich bestellt hatte, athmete ich förmlich
auf, denn ich hatte einige Zeit Ruhe vor ihm.
Plötzlich, als ich meine eingehende Musterung
fortgesetzt hatte und gerade bei den Perlmutter=
knöpfen seiner Manschetten angelangt war, die
an der Aermelöffnung sichtbar waren, schreckte
ich wieder zusammen. Langsam, als hätte er
meine innersten Gedanken errathen, wandte er
mir wieder sein Gesicht zu und sah mich lange
an. Ich hatte gerade sehr laut gesprochen und
den kuriosen Einfall gehabt, zu behaupten, daß
es unter den Gebildeten sogenannte Verbrecher=
physiognomien garnicht gäbe, daß sich vielmehr
unter den glatten, ehrbarsten Zügen manchmal
die größte Schufterei verstecke. Von irgend einer
Seite war das Gespräch darauf gekommen,

und so hatte ich mich zu dieser Ansicht ver=
stiegen, weil ich mein Licht nicht gern unter
dem Scheffel leuchten ließ.

Diesmal glänzten seine Augen, nahmen
erhöhte Leuchtkraft an und tauchten sich sengend
in die meinigen. Es machte auf mich den
Eindruck, als wollte er mir damit die stumme
Weisung geben: „Du irrst Dich, denke an Deine
schlimmen Thaten!"

Was wollte denn dieser Mensch von mir?
Wer war er? Welche Veranlassung konnte er
haben, mich mit seinen Blicken zu verfolgen?
Wie ein Kriminalpolizist sah er nicht aus, also
mußte sein sonderbares Benehmen eine ganz
bestimmte Ursache haben. Vielleicht verwechselte
er mich mit einem Anderen, vielleicht war er
geistesgestört.

„Weßhalb so schweigsam, Herr Bauunter=
nehmer?" unterbrach der Stabsarzt a. D. meine
stille Betrachtung. Ich fuhr ärgerlich auf.
Dieser Herr hatte hin und wieder die kleine
Boshaftigkeit, mich mit „Bauunternehmer" an=
zureden, trotzdem er wußte, daß ich mich „Bau=
meister" titulirte. Jedesmal spürte ich großes
Unbehagen darüber, denn ich wollte nicht mehr
„Bauunternehmer" genannt werden. Die Zeit,

wo ich Nichts besaß, in „möblirter Schlafstelle"
lag, mit dem Gelde Anderer baute und fast
regelmäßig das Pech hatte, die Forderungen
der kleinen Handwerker ausfallen lassen zu
müssen, lag längst hinter mir. Gott sei Dank!
Nun war ich der zahlungsfähige „Baumeister",
ein angesehener, wohlhabender Mann, der ein
beschauliches Dasein führte und nichts mehr zu
befürchten hatte.

Plötzlich trat ein Herr aus unserer Runde
herein, ein Fabrikant, und begrüßte den jungen
Mann sehr freundlich, der sofort in die Höhe
schnellte und nun ein gewinnendes Lächeln zeigte,
das aber sofort verschwand, als er sich wieder
gesetzt hatte. Dann saß er plötzlich an unserem
Tisch, ohne daß ich gewußt hätte, wie das ge=
kommen war. Der Fabrikant, ein alter, wür=
diger Herr, mußte ihn aufgefordert haben, sich
in unserer Mitte niederzulassen.

Die Vorstellung begann. „Herr Tönnich,
ein junger, sehr begabter Techniker", hörte ich
deutlich sagen, dann folgten die übrigen Namen,
auch der meinige. Ich weiß heute noch ganz
genau, daß ein Zittern durch meinen Körper
ging, ein angstvolles Gefühl sich meiner be=
mächtigte und ich ganz die Empfindung eines

Menschen hatte, der vom bösen Gewissen ge=
plagt wird und der befürchtet, im nächsten
Augenblick wegen einer schlimmen That entlarvt
zu werden. Nun wußte ich, wer mein Peiniger
war: der Sohn eines Tischlermeisters, desselben
Mannes, der den freiwilligen Tod erwählt
hatte, nachdem meine Zahlungsunfähigkeit ihn
an den Ruin gebracht hatte. Und dieser junge
Mann, der damals ein Knabe war und mit
seiner Mutter im Elend zurückblieb, wußte es,
hatte mich als sein Opfer erkoren, um durch
seine stumme Anklage Vergeltung an mir zu
üben.

Er saß mir gegenüber, ernst wie zuvor und
betheiligte sich kaum an der Unterhaltung.
Und sobald ich das Gesicht erhob, verspürte ich
seinen brennenden Blick, aus dem mehr sprach,
als tausend Apostelgesetze hätten verkünden
können. Ich senkte vor Scham die Augen und
empfand die Folterqualen des bösen Gewissens.
Ich blieb schweigsam, trank den letzten Rest
Wein aus und ging, nur von dem einen
Wunsche erfüllt, das Lokal nie mehr zu betreten,
aus Furcht, ich könnte meinem Todfeinde dort
wieder begegnen.

Zwei Jahre sind seit jenem Abend ver=

gangen, und ich bin um ein Jahrzehnt älter
geworden. Während dieser Zeit hat sich mein
Peiniger an meine Fersen geheftet. Sobald der
Abend herangenaht ist und ich der Erholung
nachgehen will, erblicke ich ihn, verfolgen mich
seine sanften Augen mit dem unergründlich
tiefen Ausdruck, den ich allein nur begreife und
verstehe. Er scheint alle Orte zu kennen, wo
ich verkehre. Kaum sitze ich am Tisch, so setzt
er sich zu mir, anscheinend wie ein Gast, der
mir fremd ist und der sich das gestatten darf.
Der Bissen bleibt mir im Munde stecken, der
Appetit vergeht mir und ich fühle, wie es mir
abwechselnd kalt und heiß wird. Niemand
ahnt, daß wir uns kennen. Er spricht kein
Wort zu mir, starrt mich aber an wie die ver=
körperte Drohung einer ewigen Vergeltung.
Oftmals möchte ich etwas sagen, ihn um Ver=
zeihung bitten. Dann wieder packt mich die
Wuth, der Ingrimm angesichts dieser hart=
näckigen Belästigung. Ich will mich gegen
ihn wehren, ihn unverschämt nennen, laut rufen,
damit man ihn entferne — aber ich bin schwach
und willenlos, ich, der ich Existenzen vernichtet
habe und schon über Leichen geschritten bin!

Seit acht Tagen bin ich nicht mehr ausge=

gangen. Ich lebe wie ein kranker Mann in meinem Zimmer, lasse das Essen von meiner Wirthschafterin bereiten, trotzdem ich stets daran gewöhnt war, in der Weinstube zu diniren. Ich fühle mich elend, angeekelt von dieser Welt. Und doch ist große Milde in mir vorhanden. Denn was ich nie zuvor gethan habe, das geschieht jetzt: ich glaube an die Macht des Gewissens und daran, daß sich Alles rächt auf Erden.

Der brennende Blick meines Peinigers verfolgt mich unsichtbar wo ich gehe und stehe, schreckt mich sogar des Nachts aus wüsten Träumen. Es giebt nur eine Erlösung von ihm: denselben Tod, in den ich den Vater getrieben habe. . . .

.